W0412194

AUS DEM AMERIKANISCHEN
VON HANNES RIFFEL

Die Corleones

Ed Falco

ROMAN NACH DEM
ORIGINALDREHBUCH VON
Mario Puzo

Klett-Cotta

Klett-Cotta
www.klett-cotta.de
Die Originalausgabe erscheint unter dem Titel »The Family Corleone«
im Verlag Grand Central, New York
© 2012 by The Estate of Mario Puzo
Für die deutsche Ausgabe
© 2012 by J. G. Cotta'sche Buchhandlung
Nachfolger GmbH, gegr. 1659, Stuttgart
Alle deutschsprachigen Rechte vorbehalten
Printed in Germany
Schutzumschlag: Rothfos & Gabler, Hamburg
Unter Verwendung eines Fotos von Herman Estevez
Gesetzt aus der Granjon von Elstersatz, Wildflecken
Gedruckt und gebunden von CPI - Clausen & Bosse, Leck
ISBN 978-3-608-00540-0

Erstes Buch

Mostro

Herbst 1933

1.

Giuseppe Mariposa wartete am Fenster, die Hände in den Hüften, den Blick auf das Empire State Building gerichtet. Um die Spitze des Gebäudes sehen zu können, die nadelgleiche Antenne, die den blassen blauen Himmel durchbohrte, beugte er sich vor und presste das Gesicht gegen die Scheibe. Er hatte miterlebt, wie dieses Gebäude errichtet worden war, und er erzählte den Jungs immer wieder gerne, dass er einer der letzten Gäste gewesen war, die im alten Waldorf-Astoria zu Abend gegessen hatten, jenem prächtigen Hotel, das einmal dort gestanden hatte, wo jetzt das höchste Gebäude der Welt aufragte. Schließlich trat er vom Fenster zurück und wischte sich Staub von seinem Jackett.

Unter ihm, auf der Straße, hockte ein grobschlächtiger Mann in Arbeitskleidung auf einem Karren mit Metallschrott, der gemächlich der nächsten Ecke entgegenfuhr. Er hielt eine schwarze Melone über das Knie gestülpt und ließ verschlissene Lederzügel über die Flanken eines Pferdes mit Senkrücken schnalzen. Giuseppe schaute zu, wie der Karren vorbeirollte. Als er um die Ecke bog, nahm er seinen Hut vom Fenstersims, hielt ihn sich vors Herz und betrachtete sein Spiegelbild in der Glasscheibe. Sein Haar war weiß geworden, aber immer noch dicht und voll, und er strich es mit der Handfläche glatt. Dann rückte er den Knoten seiner Krawatte zurecht und zog sie gerade, damit sie sich oberhalb der Weste nicht mehr aufbauschte. Hinter ihm, in einer halbdunklen Ecke der leeren Wohnung, versuchte Jake LaConti zu sprechen, doch Giuseppe hörte nur ein kehliges Murmeln. Als er sich umdrehte, trat Tomasino gerade durch die Wohnungstür und kam ins Zimmer geschlurft, eine braune Papiertüte unter dem Arm. Wie immer war sein Haar zerzaust, obwohl Giuseppe ihm schon hundertmal gesagt hatte, er solle es kämmen, und wie immer hatte er eine Rasur dringend nötig. Alles an Tomasino wirkte ungepflegt. Giuseppe musterte ihn mit einem verächtlichen Blick, den Tomasino, wie gewöhnlich, nicht bemerkte. Seine Krawatte war locker, sein Kragen aufgeknöpft und sein zerknittertes Jackett blutbefleckt. In seinem Hemdausschnitt waren schwarze Haarbüschel zu sehen.

»Hat er was gesagt?« Tomasino zog eine Flasche Scotch aus der Papiertüte, schraubte sie auf und trank einen tiefen Schluck.

Giuseppe warf einen Blick auf seine Armbanduhr. Es war halb neun Uhr morgens. »Sieht er so aus, als könnte er etwas sagen, Tommy?« Jakes Gesicht war übel zugerichtet. Das Kinn hing ihm fast auf der Brust.

»Ich wollte ihm den Kiefer nicht brechen«, sagte Tomasino.

»Gib ihm was zu trinken«, erwiderte Giuseppe. »Vielleicht hilft das ja.«

Jake lag auf dem Boden, den Oberkörper gegen die Wand gelehnt, die Beine über Kreuz. Tommy hatte ihn um sechs Uhr morgens aus seinem Hotelzimmer gezerrt, und er hatte noch immer den schwarzweiß gestreiften Seidenpyjama an, in dem er gestern Abend zu Bett gegangen war. Allerdings fehlten jetzt die oberen beiden Knöpfe, und darunter kam die muskulöse Brust eines Mittdreißigers zum Vorschein, etwa halb so alt wie Giuseppe. Tommy kniete sich hin und hob Jakes Kopf leicht an, damit er ihm Scotch einflößen konnte. Giuseppe schaute aufmerksam zu, weil er wissen wollte, ob der Schnaps Wirkung zeigen würde. Er hatte Tommy runter zum Wagen geschickt, um den Scotch zu holen, nachdem Jake ohnmächtig geworden war. Der Junge hustete, und Blut spritzte ihm über die Brust. Seine Augen waren zugeschwollen, und er sagte etwas, das unverständlich gewesen wäre, hätte er nicht immer und immer wieder dieselben Worte wiederholt, während Tommy ihn verprügelte. »Er ist mein Vater.« Es klang wie *Er's mah Vad'*.

»Klar, wissen wir.« Tommy sah zu Giuseppe hoch. »Loyal ist er ja. Das müssen wir ihm lassen.«

Giuseppe ging neben Tomasino in die Hocke. »Jake. Giacomo. Ich finde ihn so oder so.« Er zog ein Taschentuch hervor, um kein Blut an die Hände zu bekommen, als er das Gesicht des Jungen anhob, damit der ihn ansah. »Dein alter Herr. Rosarios Zeit ist gekommen, das ist alles. Dagegen kannst du nichts tun. Rosarios Zeit ist um. Verstehst du mich, Jake?«

»*Sì*«, sagte Giacomo, die einzige Silbe, die er deutlich aussprechen konnte.

»Gut«, erwiderte Giuseppe. »Wo ist er? Wo zum Teufel versteckt sich der Hurensohn?«

Giacomo versuchte seinen gebrochenen rechten Arm zu bewegen und stöhnte vor Schmerzen.

»Jetzt verrat uns schon, wo er ist, Jake!«, brüllte Tommy. »Verdammte Scheiße, was ist nur los mit dir?«

Giacomo versuchte die Augen zu öffnen, als wollte er unbedingt sehen, wer ihn da anschrie. »Er's mah Vad'.«

»*Che cazzo!*« Giuseppe warf die Hände in die Höhe. Er musterte Jake, lauschte auf seinen pfeifenden Atem. Von der Straße hallten die Rufe der Kinder herauf, die dort Fangen spielten, und wurden dann wieder leiser. Bevor Giuseppe die Wohnung verließ, warf er Tommy einen vielsagenden Blick zu. Er wartete vor der Tür. Kurz darauf, als Tommy zu ihm in den Flur hinauskam, fragte er: »Bist du sicher, dass du ihn erledigt hast?« Er setzte den Hut auf und schob ihn sich in die Stirn.

»Was denkst du denn, Joe?«, entgegnete Tommy. »Weiß ich etwa nicht, was ich tu?« Als Giuseppe nicht antwortete, verdrehte er die Augen. »Seine Schädeldecke ist weg. Sein Gehirn ist über den ganzen Boden verteilt.«

Am oberen Absatz der Treppe, die zur Straße hinunterführte, blieb Giuseppe stehen. »Er wollte seinen Vater nicht verraten. Dafür hat er Respekt verdient.«

»Er hat was weggesteckt«, stimmte Tommy ihm zu. »Trotzdem, du hättest mich an seine Zähne ranlassen sollen. Glaub mir, da redet jeder.«

Giuseppe zuckte mit den Achseln – wahrscheinlich hatte Tommy recht. »Er hat ja noch einen anderen Sohn. Machen wir da irgendwelche Fortschritte?«

»Bisher nicht. Kann sein, dass er sich zusammen mit Rosario versteckt hält.«

Giuseppe ließ sich das noch einen Moment durch den Kopf gehen, bevor sich seine Gedanken wieder Giacomo LaConti zuwandten. Es war unmöglich gewesen, aus dem Jungen rauszubekommen, wo sein Vater war. »Weißt du was, Tommy? Ruf die Mutter an und erklär ihr, wo sie ihn finden kann.« Er hielt inne, dachte nach und setzte hinzu: »Wir besorgen ihr einen guten Leichenbestatter, der ihn wieder präsentabel macht, dann können sie ihn ordentlich beerdigen.«

»Ich bezweifle ja, dass jemand den wieder hinkriegt.«

»Wie heißt noch mal der Leichenbestatter, der bei O'Banion so gute Arbeit geleistet hat?«

»Ja, ich weiß, wen du meinst.«

»Hol den!« Giuseppe tippte Tommy mit dem Zeigefinger auf die Brust. »Die Kosten übernehme ich. Die Familie muss davon nichts wissen. Sag ihm, er soll seine Dienste kostenlos anbieten, weil er ein Freund von Jake ist, irgendwas in der Art. Das können wir doch tun, oder?«

»Klar. Das ist nobel von dir, Joe.« Tommy tätschelte Giuseppe den Arm.

»Also gut«, sagte Giuseppe. »So viel dazu.« Und er lief die Treppe hinunter, wobei er immer zwei Stufen auf einmal nahm, wie ein kleiner Junge.

2.

Sonny ließ sich auf den Vordersitz des Lastwagens fallen und zog sich die Krempe seines Fedora in die Stirn. Der Laster gehörte nicht ihm, aber es gab niemanden, der irgendwelche Fragen gestellt hätte. Um zwei Uhr morgens war auf diesem Abschnitt der Eleventh Avenue, bis auf den einen oder anderen Betrunkenen, der den breiten Gehsteig entlangstolperte, nichts los. Irgendwann würde bestimmt ein Streifenpolizist vorbeischlendern, aber dann würde Sonny sich auf den Sitz legen, und selbst wenn der Bulle ihn bemerkte, was eher unwahrscheinlich war, würde er ihn für einen Penner halten, der am Samstagabend seinen Rausch ausschlief. Was von der Wahrheit gar nicht so weit entfernt war, denn er hatte ordentlich gebechert. Aber betrunken war er nicht. Mit seinen eins achtzig war er, obwohl er erst siebzehn war, ziemlich groß, und er hatte Muskeln und breite Schultern, so schnell spürte er den Alkohol nicht.

Er kurbelte die Scheibe herunter, damit die frische Herbstbrise, die vom Hudson herüberwehte, ihn wach hielt. Er war müde, und sobald er sich hinter dem riesigen Lenkrad des Lastwagens entspannte, drohte der Schlaf ihn zu überwältigen.

Vor einer Stunde war er zusammen mit Cork und Nico im Juke's Joint in Harlem gewesen und eine Stunde davor in einem Speakeasy irgendwo in Midtown. Cork hatte ihn dorthin geschleppt, nachdem sie beim Poker mit ein paar Polen in Green Point zusammen fast hundert Mäuse verloren hatten. Sie hatten alle gelacht, als Cork gesagt hatte, dass er und Sonny jetzt besser gehen sollten, solange sie noch ihre Hemden anhatten. Auch Sonny hatte gelacht, obwohl er den größten Polacken am Tisch eben fast einen verdammten Betrüger geschimpft hätte. Irgendwie wusste Cork meistens, wie Sonny drauf war, und er hatte ihn da rausgezerrt, bevor er eine Dummheit begangen hatte. Bis sie dann bei Juke's gelandet waren, war er schon ziemlich blau gewesen. Sie hatten etwas getanzt und noch mehr getrunken, und dann hatte er beschlossen, nach Hause zu gehen, als ihn ein Freund von Cork an der Tür angesprochen und ihm erzählt hatte, wo Tom sich herumtrieb. Fast hätte er dem Typen eine geknallt, bevor er sich wieder unter Kontrolle hatte und ihm stattdessen einen Fünfer zusteckte. Dafür hatte er eine Adresse bekommen, und jetzt hockte er in einem verbeulten Laster, der so aussah, als stamme er von vor dem Krieg, und beobachtete die Schatten, die über Kelly O'Rourkes Vorhänge spielten.

In dem Apartment zog Tom sich gerade an, während Kelly im Zimmer auf und ab ging, ein Betttuch um sich gehüllt. Das Laken entblößte eine ihrer Brüste und schleifte über den Boden. Sie war ein schamloses Mädchen mit einem aufsehenerregend schönen Gesicht – makellose weiße Haut, rote Lippen und blaugrüne Augen, die von hellroten Locken eingerahmt wurden –, und die Art und Weise, wie sie sich bewegte, hatte etwas Theatralisches, als spielte sie in einem Film mit und stellte sich vor, Tom sei Cary Grant oder Randolph Scott. »Aber warum musst du denn gehen?«, fragte sie noch einmal. Mit der freien Hand hielt sie sich die Stirn, als hätte sie Fieber. »Es ist mitten in der Nacht, Tom. Warum möchtest du da ein Mädchen alleine lassen?«

Tom schlüpfte in sein Unterhemd. Das Bett, in dem er gerade noch gelegen hatte, war eher eine Liege denn ein Bett, und darum herum waren auf dem Boden überall Zeitschriften verstreut, hauptsächlich die *Saturday Evening Post*, *Grand Magazine* und *American Girl*. Zu seinen Füßen blickte Gloria Swanson verführerisch vom Titelbild einer alten Ausgabe von *The New Movie* zu ihm hoch. »Puppe«, sagte er.

»Hör auf, mich Puppe zu nennen«, fauchte sie. »Alle nennen mich Puppe.« Sie lehnte sich neben dem Fenster an die Wand, ließ das Laken fallen und warf sich für ihn in Pose, wobei sie einen Arm in die Hüfte stemmte. »Warum willst du nicht bei mir bleiben, Tom? Du bist doch ein Mann, oder?«

Tom zog sein Hemd an, und während er es zuknöpfte, hielt er den Blick auf Kelly gerichtet. Ihre Augen waren sorgenvoll geweitet, als rechnete sie jeden Moment damit, dass etwas Überraschendes geschehen würde. »Gut möglich, dass du das schönste Mädchen bist, das ich kenne.«

»Du warst noch nie mit jemand zusammen, der hübscher war als ich?«

»Nein«, sagte Tom. »Bestimmt nicht.«

Die Bangigkeit wich aus ihrem Blick, und einen Moment lang schien sie zu leuchten. »Bleib die Nacht über bei mir, Tom. Bitte geh nicht.«

Tom setzte sich auf die Bettkante, dachte kurz darüber nach und zog dann die Schuhe an.

Sonny beobachtete, wie sich das Licht von einem schmiedeeisernen Laternenpfahl in den parallelen Linien der Schienen spiegelte, die in der Mitte der Straße verliefen. Seine Hand ruhte auf der schwarzen Billardkugel, die auf den Schaltknüppel des Lastwagens geschraubt war, und er erinnerte sich daran, wie er als Kind auf dem Bordstein saß und den Güterzügen zuschaute, die die Eleventh Avenue entlangrumpelten. Ihnen war stets ein Polizist vorausgeritten, damit keine Betrunkenen und keine kleinen Kinder unter die Räder gerieten. Einmal hatte er einen Mann in einem schicken Anzug auf einem der Güterwaggons stehen sehen. Er hatte ihm gewinkt, und der Mann hatte ein böses Gesicht gemacht und ausgespuckt. Als er seine Mutter gefragt hatte, warum der Mann so böse gewesen war, hatte sie die Hand gehoben und gesagt: »*Sta zitt'!* Irgendein *cafon'* spuckt auf die Straße, und du fragst mich? *Madon'!*« Sie hatte ihn verärgert stehen gelassen, was ihre typische Reaktion auf seine kindlichen Fragen gewesen war. In der Wohnung war er ein Störenfried, eine Nervensäge oder ein *scucc'*, also verbrachte er die meiste Zeit draußen und trieb sich mit den Nachbarskindern herum.

Hier in Hell's Kitchen zu sein, über die Straße zu den Ladenzeilen mit den zwei oder drei Stockwerken mit Wohnungen darüber zu blicken, weckte Erinnerungen an seine Kindheit, an all die Jahre, in denen sein Vater jeden Morgen aufgestanden und runter in die Hester Street gefahren war, wo sich in einem Lagerhaus sein Büro befand, in dem er auch heute noch arbeitete. Allerdings hatte sich inzwischen, seit Sonny erwachsen war, vieles verändert – er dachte anders über seinen Vater und über das, womit dieser seinen Lebensunterhalt verdiente. Damals war sein Vater ein ehrbarer Geschäftsmann gewesen, dem zusammen mit Genco Abbandando die Firma Genco Pura Olive Oil gehörte. Wenn Sonny seinem Vater in jener Zeit auf der Straße begegnete, rannte er zu ihm hinüber, nahm seine Hand und quasselte über alles, was einem Kind eben so durch den Kopf ging. Sonny bemerkte, wie sich die anderen Männer seinem Vater gegenüber verhielten, und er war stolz, denn sein Vater war ein großes Tier mit seinem eigenen Geschäft, und alle, wirklich *alle*, behandelten ihn mit Respekt, so dass sich Sonny, als er noch ein kleiner Junge war, fast wie ein Prinz vorkam. Der Sohn einer einflussreichen Persönlichkeit. Er war zehn Jahre alt, als alles anders wurde – vielleicht nicht ganz anders, denn er hielt sich noch immer für einen Prinzen, wenn auch ganz anderer Art.

Auf der gegenüberliegenden Straßenseite, in Kelly O'Rourkes Apartment über dem Friseurladen, hinter dem vertrauten schwarzen Gitterwerk der Feuertreppen, streifte eine schattenhafte Gestalt die Vorhänge und schob sie ein kleines Stück auf, so dass Sonny einen hellen Lichtstreifen sehen konnte und dann rosafarbene Haut und rote Haare. Plötzlich hatte er das Gefühl, an zwei Orten gleichzeitig zu sein: der siebzehnjährige Sonny, der zum Fenster von Kelly O'Rourkes Wohnung im zweiten Stock hinaufblickte, und der zehnjährige Sonny, der auf der Feuerleiter oberhalb eines Fensters mit zugezogenen Vorhängen kauerte und in das Hinterzimmer von Murphy's Bar hineinschaute. An jenen Abend konnte er sich nur allzu gut erinnern. Es war spät gewesen, vielleicht halb zehn oder sogar zehn Uhr. Er war gerade erst ins Bett gegangen, als sein Vater und seine Mutter eine Auseinandersetzung hatten. Nicht laut, Mama erhob in Papas Gegenwart nie die Stimme, und Sonny konnte auch nicht verstehen, was sie sagten – aber der Tonfall war unmissverständlich. Seine Mutter war aufgebracht und machte sich Sorgen, und dann wurde die Tür geöffnet, fiel ins Schloss, und die Schritte seines Vaters waren auf der Treppe zu hören. Damals hielt noch niemand am Hauseingang Wache, niemand wartete in dem großen Packard oder dem schwarzen Achtzylinder-Essex, um seinen Vater zu fahren. An jenem Abend beobachtete Sonny durch das Fenster, wie Vito Corleone aus dem Haus trat, den Treppenaufgang hinunterstieg und Richtung Eleventh Avenue davonging. Bis sein Vater um die nächste Ecke bog, war Sonny angezogen und hastete die Feuertreppe hinunter.

Er hatte bereits mehrere Straßenblocks hinter sich gelassen, bevor er sich auch nur fragte, was er überhaupt vorhatte. Wenn sein Vater ihn erwischte, würde es ordentlich Prügel setzen, und warum auch nicht? Er befand sich draußen auf der Straße, obwohl er eigentlich im Bett sein müsste. Er runzelte die Stirn und ging etwas langsamer, und fast wäre er umgekehrt. Doch dann gewann seine Neugier die Oberhand, und er zog sich seine Wollmütze fast bis zur Nase hinunter und folgte seinem Vater. Er huschte von Schatten zu Schatten, stets darum bemüht, ausreichend Abstand zu halten. Als sie in das Viertel überwechselten, wo die irischen Kinder wohnten, nahm seine Besorgnis spürbar zu. In dieser Gegend durfte er nicht spielen, und selbst wenn, hätte er es sich nicht getraut, denn hier wurden italienische Kinder verprügelt, und er hatte Geschichten von Kindern gehört, die sich hierher verirrt hatten und verschwunden waren, um erst Wochen später als Wasserleichen im Hudson wieder aufzutauchen. Einen Straßenzug vor ihm beschleunigte sein Vater seine Schritte, die Hände in den Hosentaschen und den Kragen seines Jacketts gegen den kalten Wind hochgestellt, der vom Fluss herüberwehte. Sonny folgte ihm, bis sie fast an den Piers waren, und dann sah er, wie sein Vater unter einem gestreiften Vordach stehen blieb, direkt vor einem Aufsteller, auf dem der Schriftzug *Murphy's Bar and Grill* prangte. Sonny schlüpfte in einen Ladeneingang, und als sein Vater in die Bar hineinging, hallten Gelächter und singende Männerstimmen zu ihm heraus und wurden sofort wieder leiser, wenngleich sie nicht ganz verstummten. Er überquerte die Straße, wobei er sich möglichst zwischen den Laternen hielt, und eilte von Ladenlokal zu Ladenlokal, bis er sich direkt gegenüber von Murphy's befand. Von dort aus konnte er durch ein schmales Fenster die dunklen Umrisse von Männern sehen, die sich über eine Theke beugten.

Nachdem sein Vater verschwunden war, duckte sich Sonny an eine dunkle Häuserwand und wartete, doch kurz darauf eilte er auch schon weiter, spurtete über das Kopfsteinpflaster zur anderen Straßenseite hinüber und in eine von Abfällen übersäte Gasse hinein. Er hätte nicht genau sagen können, was er sich dabei dachte, nur dass es da vielleicht einen Hintereingang gab und er etwas sehen könnte – und tatsächlich, als er die Rückseite von Murphy's erreichte, entdeckte er eine geschlossene Tür mit einem Fenster daneben. Durch die Vorhänge fiel gelbliches Licht. Er kletterte auf einen großen Mülleimer, der auf der anderen Seite der Gasse stand, und sprang zur untersten Sprosse einer Feuerleiter hinüber. Einen Augenblick später lag er auf dem Bauch und spähte durch den Spalt zwischen dem Fenstersturz und dem Vorhang in das Hinterzimmer von Murphy's Bar. Der Raum war voller Holzkisten und Kartons, und sein Vater stand mit den Händen in den Taschen da und redete in aller Ruhe mit einem Mann, der allem Anschein nach an einen Stuhl gefesselt war. Sonny kannte den Mann auf dem Stuhl. Er war ihm schon begegnet, wie er in ihrem Viertel mit Frau und Kindern spazieren gegangen war. Die Hände des Mannes befanden sich hinter dem Stuhl, wo Sonny sie nicht sehen konnte. Um Brust und Taille grub sich eine Wäscheleine in seine zerknitterte gelbe Jacke. Seine Lippen bluteten, und sein Kopf hing herab, als wäre er betrunken oder müde. Sonnys Onkel Peter saß ihm direkt gegenüber auf einer Holzkiste und blickte mürrisch drein, während sein Onkel Sally mit verschränkten Armen und ernster Miene danebenstand. Bei Onkel Sally war das nichts Besonderes, aber Onkel Peter kannte er so nicht. Bisher war er für Sonny immer jemand gewesen, der lächelte und lustige Geschichten erzählte. Er beobachtete die Männer von seinem Hochsitz aus, fasziniert davon, seinen Vater und seine Onkel im Hinterzimmer einer Bar zu entdecken, während ein Mann aus der Nachbarschaft an einen Stuhl gebunden war. Er hatte nicht die geringste Ahnung, was vor sich ging. Dann legte sein Vater dem Mann eine Hand aufs Knie, ging neben ihm in die Hocke, und der Mann spuckte ihm ins Gesicht.

Vito Corleone zog ein Taschentuch hervor und wischte sich das Gesicht sauber. Hinter ihm griff Peter Clemenza nach einem Brecheisen, das vor seinen Füßen lag, und sagte: »Das war's! Der Penner ist erledigt!«

Vito hob beschwichtigend die Hand und bedeutete ihm zu warten.

Clemenzas Gesicht wurde rot. »Vito. *V'fancul'!* Bei diesen dickköpfigen Iren hilft alles nichts.«

Vito musterte den blutüberströmten Mann und schaute dann zum Fenster hinüber, als wüsste er, dass Sonny da draußen auf der Feuertreppe lag und ihn beobachtete – aber er wusste es nicht. Er sah das Fenster und die schäbigen Vorhänge nicht einmal. Seine Gedanken waren bei dem Mann, der ihm gerade ins Gesicht gespuckt hatte, und bei Clemenza, der ihn anstarrte, und bei Tessio, der hinter Clemenza stand. Sie ließen ihn beide nicht aus den Augen. Das Zimmer wurde hell erleuchtet von einer nackten Glühbirne, deren Metallstrippe direkt über Clemenzas Kopf von der Decke herabhing. Aus der Bar jenseits der verriegelten Holztür klangen lauter Gesang und Gelächter herüber. Vito wandte sich zu dem Mann um und sagte: »Du bist nicht vernünftig, Henry. Ich musste Clemenza bitten, dir mir zuliebe nicht die Beine zu brechen.«

Bevor Vito fortfahren konnte, fiel Henry ihm ins Wort. »Ich schulde dir einen Scheißdreck. Ihr verdammten Itaker!« Obwohl er betrunken war, sprach er in dem singenden Tonfall, der für die Iren typisch ist. »Ihr könnt alle machen, dass ihr in euer scheißgeliebtes Sizilien zurückkommt, um eure scheißgeliebten Mütter zu ficken!«

Clemenza trat einen Schritt zurück. Er wirkte eher überrascht als wütend.

»Vito«, sagte Tessio, »der Hurensohn ist ein hoffnungsloser Fall.«

Clemenza griff erneut nach der Brechstange, und wieder hob Vito die Hand. Dieses Mal blickte Clemenza an die Decke und stieß auf Italienisch eine rasche Folge von Flüchen aus. Vito wartete, bis er damit fertig war, und dann wartete er noch etwas länger, bis Clemenza ihn schließlich anschaute. Er blickte Clemenza einen Moment lang schweigend in die Augen, bevor er sich wieder zu Henry umdrehte.

Auf der Feuertreppe zog Sonny die Arme eng an die Brust und straffte sich gegen die Kälte. Der Wind war stärker geworden, und es sah nach Regen aus. Das lange, tiefe Heulen eines Schiffshorns hallte vom Fluss herüber. Sonnys Vater war ein Mann von mittelgroßer Statur, aber mit breiten Schultern und muskulösen Armen, früher hatte er Güterzüge beladen. Manchmal saß er bei Sonny auf der Bettkante und erzählte ihm Geschichten aus jener Zeit. Nur ein Verrückter würde ihm ins Gesicht spucken. Das war die einzige Erklärung, die Sonny für so etwas Unfassbares einfallen wollte: Der Mann auf dem Stuhl musste verrückt sein. Bei dem Gedanken beruhigte sich Sonny ein wenig. Für einen Augenblick hatte er Angst bekommen, weil er nicht begriff, was er da sah, doch dann ging sein Vater wieder in die Hocke, um mit dem Mann zu sprechen, und diese Haltung war ihm vertraut, sie bedeutete, dass sein Vater etwas ernst meinte, dass er Sonny etwas Wichtiges erklären wollte. Also war der Mann wirklich verrückt, und sein Vater würde ihm gut zureden, ihn zur Vernunft bringen. Ganz bestimmt würde der Mann jeden Moment nicken, und sein Vater würde ihn losbinden, und was auch immer da schiefgelaufen war, wäre aus der Welt geschafft, denn das war ganz offensichtlich der Grund, warum sie seinen Vater überhaupt gerufen hatten, um irgendetwas wieder in Ordnung zu bringen, um ein Problem zu beheben. Alle wussten, dass er das gut konnte. Jeder in der Gegend wusste, dass sein Vater aushalf, wenn es Schwierigkeiten gab. Sonny beobachtete aufmerksam, was da unter ihm ablief, und wartete darauf, dass sein Vater alles richten würde. Stattdessen begann der Mann auf dem Stuhl wie wild zu zappeln, und sein Gesicht wurde rot vor Zorn. Er sah aus wie ein Tier, das seine Fesseln zerreißen wollte, und dann legte er den Kopf schräg und spuckte Sonnys Vater noch einmal an, die Spucke voller Blut, so dass es aussah, als hätte er Vito Corleone verletzt, dabei war es sein eigenes Blut. Sonny hatte gesehen, wie dem Mann das Blut aus dem Mund geschossen war. Er hatte gesehen, wie es seinem Vater ins Gesicht klatschte.

Was daraufhin geschah, war das Letzte, woran Sonny sich erinnern konnte. Als Kind erlebt man oft seltsame, rätselhafte Dinge, die man erst irgendwann später begreift, wenn man entsprechende Erfahrungen gesammelt hat. Damals war Sonny jedenfalls völlig fassungslos. Sein Vater stand auf und wischte sich die Spucke aus dem Gesicht, und dann schaute er den Mann noch einmal an, bevor er sich umdrehte und davonging, aber nur ein, zwei Meter bis zur Hintertür, wo er reglos stehen blieb, während Onkel Sally hinter ihm ausgerechnet einen Kopfkissenbezug aus der Jackentasche zog. Onkel Sally war der Größte von allen, aber er ging leicht vornübergebeugt und ließ die Arme herabhängen, als wüsste er nicht so recht, wohin damit. *Ein Kopfkissenbezug*. Sonny sprach das Wort laut aus, ein Flüstern in der Nacht. Onkel Sally trat hinter den Stuhl und zog dem Mann den Bezug über den Kopf. Onkel Peter griff nach dem Brecheisen und holte aus, und an das, was dann geschah, erinnerte sich Sonny nur noch verschwommen. Nur ab und zu blitzte etwas in seinem Gedächtnis auf: wie Onkel Sally dem Mann den Bezug über den Kopf zog, wie Onkel Peter mit dem Brecheisen ausholte, wie der weiße Bezug allmählich rot wurde, grellrot, wie sich seine beiden Onkel über den Mann auf dem Stuhl beugten und die Wäscheleine losbanden. Darüber hinaus wusste er nichts mehr. Irgendwie musste er nach Hause und ins Bett gelangt sein. Er hatte nicht die geringste Ahnung, wie. Alles bis zu dem Kopfkissen stand ihm noch einigermaßen klar vor Augen, aber dann wurde alles unscharf, bevor seine Erinnerung schließlich ganz verblasste.

Lange Zeit begriff Sonny nicht, was er da gesehen hatte. Er brauchte Jahre, um alle Puzzleteile zusammenzusetzen. Auf der anderen Seite der Eleventh Avenue flatterte der Vorhang über dem

Friseurladen und wurde dann aufgerissen, und Kelly O'Rourke stand im Fenster, schaute auf die Straße hinunter wie ein fleischgewordenes Wunder – ein kurzer Lichtschein auf dem Körper einer jungen Frau, der von schwarzen Feuertreppen eingerahmt war, von schmutzig roten Backsteinmauern und dunklen Fenstern.

Tom trat zu ihr und zog die Vorhänge zu. »Komm schon, Schätzchen. Was soll denn das?«

»Was denn?«, sagte Kelly.

»So am Fenster zu stehen!«

»Na und? Hast du Angst, jemand könnte mich sehen, Tom? Einer meiner Brüder könnte da draußen sein oder mein Freund? Hast du deswegen Schiss?« Kelly legte die Hände auf die Hüften und warf sie dann in einer Geste der Resignation in die Luft. Schließlich ging sie wieder im Zimmer auf und ab, den Blick in einem Moment auf den Boden gerichtet, im nächsten auf die Wände. Tom schien sie gar nicht mehr wahrzunehmen – sie war mit ihren Gedanken ganz woanders.

»Kelly, hör mal. Von einem Freund hast du kein Wort gesagt. Du und ich sind ja nicht ... Ich geh ja erst seit ein paar Wochen aufs College. Wir sind ja nicht ...«

»Jetzt heul nicht rum. Um Himmels willen.«

»Ich heul nicht. Ich versuche nur, etwas zu erklären.«

Kelly blieb stehen. »Ich weiß. Du bist noch ein kleiner Junge. Das wusste ich schon, als ich dich aufgelesen habe. Wie alt bist du überhaupt? Achtzehn? Neunzehn?«

»Achtzehn«, sagte Tom. »Ich mein ja nur, ich muss wieder zurück ins Wohnheim. Wenn ich morgen früh nicht da bin, fällt das auf.«

Kelly zupfte sich am Ohr und starrte Tom an, und Tom starrte zurück. Sie schwiegen beide, ließen einander nicht aus den Augen. Tom fragte sich, was Kelly wohl sah. Das fragte er sich bereits, seit sie im Juke's Joint zu ihm an den Tisch geschlendert war und ihn zum Tanzen aufgefordert hatte – mit einer Stimme, die so sexy gewesen war, als hätte sie ihn aufgefordert, mit ihr zu schlafen. Er hatte es sich auch gefragt, als sie ihn nach nur wenigen Tänzen und nur einem einzigen Drink zu sich nach Hause eingeladen hatte. Sie hatten nicht viel geredet. Tom hatte ihr erzählt, dass er auf die NYU ging. Sie erzählte ihm, dass sie zurzeit arbeitslos war und aus einer großen Familie kam, mit der sie sich jedoch nicht verstand. Sie wollte zum Film. Sie hatte ein langes blaues Kleid getragen, das sich von den Waden bis zu ihren Brüsten an ihren Körper schmiegte, weit ausgeschnitten, so dass ihre weiße Haut einen auffallenden Kontrast zu dem samtigen Stoff bildete. Tom sagte ihr, dass er keinen Wagen habe, dass er mit Freunden hier sei. Sie erklärte ihm, das sei kein Problem, sie habe schließlich einen, und er fragte sie nicht, wie ein arbeitsloses Mädchen aus einer großen Familie sich das leisten konnte. Aber vielleicht gehörte der Wagen ja gar nicht ihr, und als sie dann nach Hell's Kitchen fuhren, erzählte er ihr nicht, dass er hier in der Gegend aufgewachsen war, nur ein paar Blocks entfernt von der Eleventh Avenue, wo sie den Wagen abstellten. Als er ihr Apartment sah, wurde ihm endgültig klar, dass der Wagen nicht ihr gehörte, aber ihm blieb keine Zeit, um Fragen zu stellen, bevor sie im Bett landeten und er mit den Gedanken woanders war. Heute Nacht hatten sich die Ereignisse überschlagen, und das war er nicht gewohnt, so dass er jetzt, während er sie ansah, angestrengt nachdachte. Ihr Auftreten schien sich von einem Moment auf den nächsten zu verändern: Erst hatte sie ihn verführt, dann war sie plötzlich das verletzbare Mädchen gewesen, das nicht wollte, dass er ging, und nun spielte sie die Unnahbare, der nichts etwas anhaben konnte. Während sie seinen Blick erwiderte, verzogen sich ihre Lippen zu einem spöttischen Grinsen. Auch Tom spürte, dass in ihm etwas vorging. Er wappnete sich gegen das, was sie gleich sagen oder tun würde, überlegte, was er ihr entgegnen sollte.

»Was bist du denn eigentlich?« Kelly stand jetzt mit dem Rücken an einen Küchentresen gelehnt, gleich neben einem Porzellanwaschbecken. Mit einer raschen Bewegung zog sie sich hinauf und schlug die Beine übereinander. »Eine irisch-italienische Promenadenmischung?«

Tom nahm seinen Pullover vom Bettgitter, legte ihn sich über die Schultern und machte einen Knoten in die Ärmel. »Ich bin halb Deutscher, halb Ire. Wie kommst du darauf, dass ich Italiener bin?«

Kelly lächelte, plötzlich verlegen. Sie nahm eine Schachtel Wings aus einem Schränkchen hinter sich, öffnete sie und zündete sich eine Zigarette an. »Weil ich weiß, wer du bist«, sagte sie und legte eine dramatische Pause ein, als stünde sie vor der Kamera. »Du bis Tom Hagen. Vito Corleones Adoptivsohn.« Sie zog lang und tief an ihrer Zigarette. Hinter dem Rauchschleier funkelte eine unbarmherzige Mischung aus Zufriedenheit und Wut in ihren Augen.

»Ich bin nicht adoptiert.« Tom schaute sich um, wobei er genau registrierte, was er da sah – ein billiges Zimmer in einer Privatpension, sonst nichts, mit einem Waschbecken und ein paar Schränken an der einen Wand und einer besseren Liege an der anderen. Auf dem Boden herrschte ein heilloses Durcheinander aus Zeitschriften und Limoflaschen, Kleidern und Schokoriegelverpackungen, leeren Wings- und Chesterfield-Schachteln. Im Vergleich dazu waren die Kleider viel zu teuer. In einer Ecke lag eine Seidenbluse, die mehr kostete als ihre Miete. »Ich bin bei den Corleones aufgewachsen, aber adoptiert wurde ich nie.«

»Und wenn schon. Was bist du dann? Ein Paddy oder ein Spaghettifresser oder eine Mischung aus beidem?«

Tom setzte sich auf die Bettkante. Immerhin redeten sie jetzt miteinander, wenn auch nicht eben freundlich. »Also hast du mich aufgelesen, weil du etwas über meine Familie weißt, habe ich recht?«

»Was hast du denn gedacht, Jungchen? Dass es an deinem hübschen Gesicht lag?« Kelly schnippte die Asche von ihrer Zigarette in das Waschbecken. Dann drehte sie den Hahn auf, um sie hinunterzuspülen.

»Was hat das alles denn mit meiner Familie zu tun?«

»Was alles?«, entgegnete sie, und ihr Lächeln dabei wirkte ehrlich, als hätte sie jetzt endlich ihren Spaß.

»Dass ich dich abgeschleppt und flachgelegt habe.«

»Du hast nicht mich flachgelegt, Jungchen. Ich hab dich flachgelegt.« Sie hielt einen Moment inne, wobei sie noch immer grinste, und fügte hinzu: »Dabei weißt du noch lange nicht alles.«

»Tatsächlich?« Tom stupste mit dem Fuß eine Schachtel Chesterfields an. »Wer raucht die?«

»Ich.«

»Du rauchst Wings und Chesterfields?«

»Wings, wenn ich sie mir selbst kaufen muss. Ansonsten Chesterfields.« Als Tom nicht sofort etwas erwiderte, fügte sie hinzu: »Du kommst der Sache allmählich näher. Nur weiter so!«

»Okay«, sagte Tom. »Wem gehört der Wagen, mit dem wir hierhergefahren sind? Dir ganz sicher nicht. Sonst würdest du nicht hier hausen.«

»Schon besser, Jungchen. Langsam stellst du die richtigen Fragen.«

»Und wer kauft dir die schicken Klamotten?«

»Volltreffer! Mein Freund kauft mir all die Kleider. Es ist sein Wagen.«

»Du solltest ihn bitten, dass er dir eine bessere Wohnung bezahlt.« Tom schaute sich um, als könnte er nicht fassen, wie schäbig das Zimmer war.

»Ich weiß!« Kelly tat es ihm nach und ließ den Blick durch das Zimmer schweifen, als würde sie seine Verwunderung teilen. »Dieses Rattenloch ist doch unglaublich, oder? Und ich muss hier wohnen.«

»Du solltest mal mit ihm reden. Mit diesem Freund, von dem du da erzählst.«

Kelly schien ihm gar nicht zuzuhören. Sie schaute sich noch immer in dem Zimmer um, als sähe sie es zum ersten Mal. »Er muss mich wirklich hassen, stimmt's? Dass er mich zwingt, hier zu wohnen.«

»Du solltest wirklich mit ihm reden«, wiederholte Tom.

»Verschwinde!« Kelly sprang vom Küchentresen herunter und hüllte sich in das Betttuch. »Verschwinde! Ich hab keine Lust mehr, mit dir zu spielen.«

Tom ging zur Tür hinüber, wo seine Mütze und seine Jacke hingen.

»Du hast immer noch nichts begriffen«, sagte Kelly. »Du bist so gut wie tot, Tom Hagen. Mausetot.«

Tom setzte die Mütze auf und zog sie gerade. »Und warum das?«

»Weil mein Freund Luca Brasi ist«, erwiderte sie. »Und wenn er herausfindet, was hier gerade abgegangen ist, bringt er dich um.«

»Nur mich?«, entgegnete Tom. »Dich nicht auch?«

»Tja, das ist das Tolle daran.« Kelly hielt den Stummel ihrer Zigarette unter den Wasserhahn und drehte ihn auf. »Mich wird er nicht umbringen. Ich bin schwanger. In der zwölften Woche, hat der Arzt gesagt, und es ist Lucas Baby.«

Tom legte eine Hand auf die Klinke, hielt dann aber inne. »Warum ausgerechnet ich? Was soll das Ganze?«

»Wenn du nur irgendein Kerl wärst, den niemand kennt, wäre es Luca egal, dass er dich umlegt. Das macht er dauernd. Aber du bist Vito Corleones Junge, adoptiert oder nicht. Du bist trotzdem sein Junge.«

»Na schön, wenn er mich umbringt – was hat das dann zu bedeuten? Dass er dich liebt?«

Kelly lächelte, antwortete jedoch nicht.

Tom öffnete die Tür. »Wenn du weißt, wer mein Vater ist, dann weißt du auch, dass mir keine Gefahr droht.«

Kelly zündete sich eine weitere Zigarette an. »Dann kennst du ganz offensichtlich Luca Brasi nicht.«

»Da hast du recht. Ich habe noch nie von ihm gehört.«

»Das wird sich ändern. Na los. Hau ab!«

»Hast du dir schon mal überlegt, dass du damit riskierst, dass der Vater deines ungeborenen Kindes getötet wird?«

Kelly wedelte mit ihrer Zigarette. »Lebe wohl, Tom Hagen.«

Tom verabschiedete sich höflich und ging hinaus, doch bevor er mehr als ein paar Schritte gemacht hatte, flog die Tür auf, und Kelly stand im dunklen Treppenhaus; das Laken hatte sie offensichtlich irgendwo im Zimmer fallen lassen. »Sei vorsichtig auf der Straße«, sagte sie. »Ich möchte nicht, dass meine Brüder dich umbringen, bevor Luca die Gelegenheit dazu hat.«

»Ich pass schon auf«, erwiderte Tom, zog sich die Mütze in die Stirn und stieg die Treppe hinunter.

Kaum war Tom aus der Tür getreten, sprang Sonny auch schon aus dem Lastwagen und rannte über die Straße. Tom griff hinter sich, als wollte er wieder im Haus verschwinden, aber Sonny legte ihm einen Arm um die Schulter und zerrte ihn auf den Gehsteig und zur nächsten Straßenecke. »Hey, *pazzo!*«, sagte Sonny. »Kannst du mir mal was erklären, Freundchen? Willst du, dass dich jemand umbringt, oder bist du nur ein verdammter *stronz'*? Weißt du, mit was für einem Mädchen du da gerade eine Nummer geschoben hast? Weißt du überhaupt, wo du bist?« Sonnys Stimme wurde mit jeder Frage lauter, während er Tom mit sich in eine dunkle Gasse zog. Er hob die Faust und biss die Zähne zusammen, um Tom nicht gegen die Wand zu schleudern. »Du hast wirklich keine Ahnung, in was für Schwierigkeiten du steckst, was?« Er beugte sich vor, als wollte er sich jeden Moment auf Tom stürzen. »Was treibst du dich überhaupt mit so einer irischen Schlampe herum?« Er hob die Hände und drehte sich im Kreis, den Blick himmelwärts gerichtet, als riefe er die Götter an. »*Cazzo!*«, brüllte er. »Ich sollte dir den gottverdammten Arsch versohlen!«

»Sonny, bitte beruhige dich.« Tom zog sein Hemd gerade und legte sich den Pullover wieder ordentlich über den Rücken.

»Mich beruhigen?«, fuhr Sonny ihn an. »Noch mal: Weißt du, mit was für einem Mädchen du da rumgemacht hast?«

Als Tom den Namen Luca Brasi nannte, hob Sonny erneut die Hand, dieses Mal, als wollte er ihm eine Ohrfeige geben. »Luca Brasi. Weißt du denn nicht, wer Luca Brasi ist?«

»Keine Ahnung«, sagte Tom.

Sonny starrte Tom erstaunt an, und dann war sein Zorn plötzlich verraucht, wie so oft bei ihm. Er lachte. »Und du weißt nicht, wer Luca Brasi ist?«

»Keinen blassen Schimmer«, erwiderte Tom. »Aber jetzt kannst du mir mal eine Frage beantworten: Was hast du hier verloren?«

»Komm her!« Sonny schloss Tom fest in seine Arme. »*Cetriol'!* Wie war sie denn?« Er gestikulierte wild. »*Madon'!* Was für eine tolle Puppe!«

Tom machte einen Bogen um Sonny und trat auf den Gehsteig hinaus. Auf der Straße zog ein Pferd einen Wagen der Pechter Bakery neben den Schienen entlang. Eine der Speichen des Hinterrads war gebrochen. Ein fetter Mann auf dem Kutschbock warf Tom einen gelangweilten Blick zu, und Tom nickte ihm kurz zu, bevor er sich wieder Sonny zuwandte. »Und warum bist du angezogen, als hättest du den Abend mit Dutch Shultz verbracht?« Er strich über das Revers von Sonnys zweireihigem Anzug und nahm den dicken Westenstoff zwischen Daumen und Zeigefinger. »Wie kommt es, dass ein Kerl, der in einer Autowerkstatt arbeitet, einen solchen Anzug trägt?«

»Hey«, erwiderte Sonny. »Ich stelle hier die Fragen.« Er legte Tom den Arm um die Schultern und führte ihn auf die Straße. »Im Ernst, Tom. Hast du die geringste Ahnung, in was für einer Scheiße du steckst?«

»Ich wusste nicht, dass sie Luca Brasis Freundin ist. Sie hat es mir nicht gesagt.« Er deutete die Straße hinunter. »Wohin gehen wir? Zurück zur Zehnten?«

»Was hattest du überhaupt im Juke's Joint zu suchen?«

»Woher weißt du, dass ich im Juke's Joint war?«

»Weil ich nach dir dort war.«

»Und was hattest du dort zu suchen?«

»Halt den Mund, sonst knall ich dir noch eine!« Sonny drückte Toms Schulter, um zu zeigen, dass er nicht wirklich wütend war. »Ich geh schließlich nicht aufs College und muss dauernd lernen.«

»Es ist Samstagabend«, sagte Tom.

»Nicht mehr«, erwiderte Sonny. »Es ist Sonntagmorgen. Himmel!«, fügte er hinzu, als wäre ihm gerade erst bewusst geworden, wie spät es war. »Ich bin müde.«

Tom kämpfte sich unter Sonnys Arm hervor, nahm seine Mütze

ab und strich sich mit den Fingern durchs Haar. In Gedanken sah er wieder Kelly vor sich, wie sie in ihrem engen Zimmer auf und ab ging und das Laken hinter sich herschleifte, obwohl es ihr eigentlich egal war, dass sie nichts anhatte. Sie hatte einen Duft verströmt, den er nicht beschreiben konnte. Er fuhr sich über die Unterlippe, etwas, das er oft tat, wenn er nachdachte, und roch sie dabei an seinen Fingern. Es war ein vielschichtiger Geruch, muffig mit einem Hauch von Schweiß und noch etwas anderem. Was in den letzten Stunden geschehen war, machte ihn noch immer fassungslos. Er hatte das Gefühl, in die Haut eines anderen Menschen geschlüpft zu sein. In die von Sonny zum Beispiel. Auf der Elften kam eine Blechkiste hinter einer Pferdekutsche angerattert. Der Wagen wurde kurz langsamer, als der Fahrer einen raschen Blick auf den Gehsteig warf, dann überholte er die Pferdekutsche und fuhr weiter.

»Ich hab ein Auto«, sagte Sonny.

»Du hast ein Auto?«

»Es gehört der Werkstatt. Ich darf es mir ausleihen.«

»Und wo zum Teufel hast du es geparkt?«

»Ein paar Straßen weiter.«

»Warum so weit weg, wenn du gewusst hast, dass ich ...«

»*Che cazzo!*« Sonny breitete die Arme aus, eine Geste, die Erstaunen über Toms Unwissenheit ausdrückte. »Weil hier Luca Brasi das Sagen hat. Luca Brasi und die O'Rourkes und ein Haufen verrückter Iren.«

»Und was interessiert dich das?«, fragte Tom und blieb vor Sonny stehen. »Was spielt es für jemand, der in einer Autowerkstatt arbeitet, für eine Rolle, wer hier das Sagen hat?«

Sonny stieß Tom beiseite. Es war kein sanfter Stoß, aber er lächelte. »Diese Gegend ist gefährlich. Ich bin nicht so leichtsinnig wie du.« Kaum hatte er das ausgesprochen, lachte er, als hätte er sich selbst überrascht.

»Also gut«, sagte Tom und folgte ihm den Häuserblock entlang. »Ich war mit ein paar Jungs, die ich aus dem Wohnheim kenne, im Juke's Joint. Wir wollten ein wenig tanzen, etwas trinken und wieder nach Hause gehen. Dann fordert mich diese Puppe zum

Tanzen auf, und bevor ich mich verseh, bin ich bei ihr im Bett. *Hinterher* erzählt sie mir dann, dass sie Luca Brasis Freundin ist und von ihm ein Kind erwartet …«

»*Madon'!* Sie ist schwanger? Luca wird dich umbringen, ganz sicher.«

»Das hat sie auch gesagt.«

»Was denn – *will* sie, dass dich jemand erledigt?«

»Sieht so aus. Sie ist verrückt.«

»Herr im Himmel.« Sonny deutete auf einen schwarzen Packard, der unter einer Straßenlaterne stand. »Der gehört mir.«

»Du meinst der Werkstatt.«

»Klar doch. Steig ein und halt die Klappe.«

Im Wagen warf Tom die Arme über die Rückenlehne der Sitzbank und sah zu, wie Sonny seinen Fedora abnahm, neben sich legte und einen Schlüssel aus der Westentasche holte. Der lange Schalthebel, der aus dem Wagenboden ragte, zitterte leicht, als der Motor ansprang. Sonny zog eine Schachtel Lucky Strikes aus der Jacketttasche, zündete sich eine an und legte die Zigarette dann in einen Aschenbecher aus poliertem Holz, der in das Armaturenbrett eingelassen war. Eine Rauchwolke trieb über die Windschutzscheibe. Tom öffnete das Handschuhfach und entdeckte eine Packung Kondome auf einem Stapel Papiere. »Die lassen dich am Samstagabend damit fahren?«

Sonny gab Gas, ohne zu antworten.

Obwohl Tom müde war, fühlte er sich hellwach, und er vermutete, dass es eine ganze Weile dauern würde, bis er würde schlafen können. Er hätte wissen müssen, dass etwas nicht stimmte, als sie ihn zu sich nach Hause eingeladen hatte. Sogar schon, als sie ihn zum Tanzen aufgefordert hatte. Seit wann war er der Typ, den Frauen wie Kelly zu sich nach Hause mitnahmen? Sonny fuhr Richtung Stadtzentrum, und die Straßen rauschten an ihnen vorbei. »Bringst du mich ins Wohnheim?«

»Nein, zu mir«, sagte Sonny. »Du kannst heute Nacht bei mir bleiben.« Er sah zu Tom hinüber. »Hast du dir was überlegt? Was du jetzt machen willst?«

Tom blickte auf die Straße hinaus. Sie fuhren an einer Reihe von Mietskasernen vorbei, die Fenster oberhalb der Laternen größtenteils dunkel. »Ich glaube nicht, dass sie ihm davon erzählen wird«, sagte er schließlich. »Die blufft doch nur. Was für ein Mädchen erzählt dem Kerl, der sie gerade geschwängert hat, dass sie mit einem anderen Typen ins Bett gestiegen ist?« Tom schüttelte den Kopf, als wäre das völlig unmöglich. »Ich glaube, die wollte mir nur Angst einjagen. Sie war wütend, weil ich nicht die Nacht über bei ihr bleiben wollte.«

»Sie wollte, dass du bei ihr übernachtest?« Sonny dachte kurz nach. »Vielleicht wollte sie, dass Luca dich in ihrem Bett erwischt. Hast du mal daran gedacht? Vielleicht will sie ihn eifersüchtig machen.«

»Ziemlich verrückt, findest du nicht?«

»Ja, aber du hast ja gesagt, dass sie nicht mehr alle Tassen im Schrank hat. Außerdem ist sie eine Frau, und die spinnen alle. Vor allem die Iren. Die haben doch alle einen Knall.«

Tom zögerte einen Moment, und als er weiterredete, klang es, als sei die Sache endgültig geklärt. »Die erzählt ihm bestimmt nichts. Und wenn doch, muss ich eben mit Pa reden.«

»Wo ist der Unterschied, ob Luca dich umbringt oder Pa?«

Tom zuckte mit den Achseln – da hatte Sonny wohl recht. »Was soll ich sonst machen?« Dann, als wäre ihm das gerade erst eingefallen, fügte er hinzu: »Vielleicht sollte ich mir eine Knarre besorgen.«

»Und wozu? Um dir ins Bein zu schießen?«

»Hast du eine bessere Idee?«

»Nee.« Sonny grinste. »War wirklich nett, dich zu kennen, Tommy. Du warst ein toller Bruder.« Er legte den Kopf in den Nacken, und sein Lachen hallte durch den Wagen.

»Sehr witzig. Hör zu, die erzählt ihm bestimmt nichts.«

»Ja«, brummte Sonny mitleidig, »wahrscheinlich.« Er klopfte die Asche von seiner Zigarette, zog daran und redete weiter, während er den Rauch ausatmete. »Und wenn doch, wird sich Pa schon was ausdenken, um das wieder zu richten. Der Haussegen wird eine Weile schief hängen, aber er wird nicht zulassen, dass Luca dich umbringt.« Er hielt kurz inne und sagte dann: »Seine Brüder allerdings ...« Und dann lachte er wieder laut.

»Dir macht das alles einen Riesenspaß, was?«

»Tut mir leid. Aber das ist wirklich klasse. Endlich machst du auch mal eine Dummheit. Sonst kannst du ja kein Wässerchen trüben. Das gefällt mir!« Er zerwuschelte Tom die Haare und schob ihm dabei die Mütze vom Kopf.

Tom stieß ihn weg. »Mama macht sich Sorgen um dich. Sie hat in einer Hose, die du ihr zum Waschen gebracht hast, fünfzig Dollar gefunden.«

Sonny schlug mit der flachen Hand aufs Lenkrad. »Da ist das verdammte Geld also gelandet! Hat sie was zu Pa gesagt?«

»Natürlich nicht. Du kennst doch Mama. Sagt nichts, fragt nichts. Aber sie macht sich eben Sorgen um dich.«

»Was hat sie mit dem Geld getan?«

»Mir gegeben.«

Sonny warf Tom einen durchdringenden Blick zu.

»Keine Angst. Alles noch da.«

»Was hat Mama denn? Ich arbeite doch. Erzähl ihr, dass ich's gespart hab.«

»Jetzt hör aber auf, Sonny. Mama ist nicht dumm. Wir reden hier über einen Fünfzigdollarschein.«

»Wenn sie sich Sorgen macht, warum fragt sie mich dann nicht?«

Tom lehnte sich zurück, als fände er es schon zu anstrengend, mit Sonny auch nur zu reden. Er kurbelte das Fenster herunter und ließ sich den Wind ins Gesicht wehen. »Mama fragt dich ebenso wenig, wie sie Pa fragt, warum uns plötzlich ein ganzes Gebäude in der Bronx gehört, wo wir uns früher mit einer Zweizimmerwohnung an der Tenth Avenue zufriedengeben mussten. Sie fragt auch nicht, wie es kommt, dass alle Leute, die in dem Gebäude wohnen, zufällig für ihn arbeiten, oder warum da die ganze Zeit zwei Kerle am Eingang rumstehen und jeden anglotzen, der vorbeiläuft oder vorbeifährt.«

Sonny gähnte und fuhr sich mit den Fingern durch das Gewirr dunkler Locken, die ihm fast in die Augen fielen. »Hey, mit Olivenöl zu handeln ist eben gefährlich.«

»Sonny, wie kommst du zu einem Fünfzigdollarschein? Und warum trägst du einen doppelreihigen Nadelstreifenanzug, in dem du wie ein Gangster aussiehst? Und warum«, fragte Tom und schob Sonny die Hand ins Jackett, »bist du bewaffnet?«

»Hey, Tommy«, erwiderte Sonny. »Verrat mir mal was. Denkst du wirklich, dass Mama glaubt, Pa würde sein Geld mit Olivenöl verdienen?«

Tom antwortete nicht. Er sah Sonny an und wartete.

»Ich hab die Bleispritze dabei«, sagte Sonny, »weil ich den Eindruck hatte, mein Bruder würde in Schwierigkeiten stecken und ich müsste ihn da raushauen.«

»Woher hast du die Knarre überhaupt? Was ist los mit dir, Sonny? Pa bringt dich um, wenn du das tust, was ich vermute. Was hast du dir nur dabei gedacht?«

»Beantworte meine Frage«, sagte Sonny. »Ich meine es ernst. Denkst du wirklich, dass Mama glaubt, Pa würde sein Geld mit Olivenöl verdienen?«

»Aber Pa verdient sein Geld doch mit Olivenöl, oder? Warum fragst du mich das?«

Sonny warf Tom einen Blick zu, der deutlich machte, er solle keinen Unsinn von sich geben.

»Ich weiß nicht, was Mama glaubt. Ich weiß nur, dass sie mich gebeten hat, mit dir über das Geld zu reden.«

»Dann sag ihr, dass ich es mir von meinem Lohn gespart habe.«

»Arbeitest du denn überhaupt noch in der Werkstatt?«

»Klar arbeite ich da!«

»Himmel Herrgott, Sonny ...« Tom rieb sich mit den Handballen die Augen. Sie befanden sich auf der Canal Street, und die Gehsteige beiderseits der Straße waren von leeren Verkaufsständen gesäumt. Noch war alles ruhig, aber in ein paar Stunden würden sich hier die Leute in ihrer besten Sonntagskleidung drängen. »Sonny, hör mir zu. Mama verbringt ihr Leben damit, sich Sorgen um Pa zu machen – aber um ihre Kinder muss sie sich keine Sorgen machen, Sonny. Hörst du mir zu, Großmaul?« Tom erhob leicht die Stimme. »Ich geh aufs College. Du hast deinen Job in der Werkstatt. Fredo, Michael und Connie sind noch Kinder. Mama kann nachts schlafen, weil sie sich keine Sorgen um ihre Kinder machen muss, so wie sie sich jeden Tag Sorgen um Pa macht. Denk darüber nach, Sonny!« Tom hielt ein Revers von Sonnys Jackett zwischen den Fingern. »Was willst du Mama alles zumuten? Wie viel ist dieser schicke Anzug dir wert?«

Sonny hielt am Bordstein vor einer Garage. Er nahm, sichtlich müde und gelangweilt, den Gang heraus. »Wir sind da. Sei so nett und mach das Tor auf, ja?«

»Das ist alles?«, fragte Tom. »Mehr hast du dazu nicht zu sagen?«

Sonny ließ den Kopf nach hinten sinken und schloss die Augen. »Herrgott, bin ich müde.«

»Du bist müde«, wiederholte Tom.

»Wirklich. Ich bin schon eine Ewigkeit auf den Beinen.«

Tom sah Sonny an und wartete, bis ihm schließlich klar wurde, dass Sonny gleich einschlafen würde. »*Mamaluke.*« Behutsam packte er seinen Bruder an den Haaren und schüttelte ihn.

»Was'n los?«, fragte Sonny, ohne die Augen zu öffnen. »Hast du das Tor aufgemacht?«

»Hast du einen Schlüssel dafür?«

Sonny öffnete das Handschuhfach, nahm einen Schlüssel heraus und reichte ihn Tom. Dann deutete er auf die Wagentür.

»Nichts zu danken«, sagte Tom und stieg aus. Sie befanden sich in der Mott Street, einen Block von Sonnys Apartment entfernt. Er wollte Sonny schon fragen, warum er den Wagen in einer Garage abstellte, die so weit weg war, wenn er ihn doch genauso gut vor seiner Haustür parken konnte. Er dachte darüber nach, ließ es dann jedoch bleiben und ging das Tor öffnen.

3.

Sonny klopfte einmal, öffnete die Haustür und konnte keine zwei Schritte in das Chaos hinein machen, da sprang ihm schon Connie in die Arme und schrie seinen Namen. Ihr hellgelbes Kleidchen war abgewetzt und schmutzig, wo sie offenbar auf die Knie gefallen war. Seidige dunkelbraune Strähnen, die sich aus ihren beiden leuchtend roten Haarspangen gelöst hatten, fielen ihr ins Gesicht. Tom schloss hinter Sonny die Tür; draußen wehte der Herbstwind Blätter und Abfälle von der Arthur Avenue auf die Hughes und an Fat Bobby Altieri und Johnny LaSala vorbei, zwei Exboxern aus Brooklyn, die auf der Treppe vor dem Haus der Corleones standen, rauchten und sich über die Giants unterhielten. Connie schlang ihre dünnen Mädchenarme um Sonnys Hals und gab ihm einen lauten Kuss auf die Wange. Michael sprang von dem Tisch auf, an dem er gerade mit Paulie Gatto Dame spielte, und Fredo kam aus der Küche herbeigerannt. Urplötzlich schienen alle Leute in der Wohnung – und an diesem Sonntagnachmittag waren das nicht wenige – bemerkt zu haben, dass Sonny und Tom eingetroffen waren.

Im ersten Stock, in einem Arbeitszimmer am oberen Ende einer Holztreppe, erhob sich Genco Abbandando aus einem Ledersessel und schloss die Tür. »Sieht so aus, als wären Sonny und Tommy gerade aufgetaucht.« Da jeder, der nicht taub war, den Namen der beiden bereits mehrmals gehört hatte, war diese Bemerkung unnötig. Vito, der auf einem Stuhl am Tisch saß, strich sich die schwarzen Haare glatt, trommelte mit den Fingern auf den Knien und sagte: »Dann lasst uns weitermachen. Ich möchte meine Jungs sehen.«

»Wie ich bereits gesagt habe«, fuhr Clemenza fort, »Jumpin' Joe bekommt einen Anfall.« Er zog ein Taschentuch aus seinem Jackett und schneuzte sich. »Ich hab mich erkältet«, brummte er und wedelte mit dem Taschentuch, als wollte er es Vito beweisen. Clemenza war ein stämmiger Mann mit einem runden Gesicht und einer hohen Stirn. Sein korpulenter Körper ruhte in dem Ledersessel neben Genco. Zwischen ihm und Genco stand ein Tischchen mit einer Flasche Anislikör und zwei Gläsern.

Tessio, der Vierte im Zimmer, stand vor einem der Fenster und schaute auf die Hughes Avenue hinaus. »Emilio hat einen seiner Jungs zu mir geschickt. Einen Kerl namens Mike Russo.«

»Mir hat Tits einen Besuch abgestattet«, sagte Clemenza.

Vito zuckte mit den Achseln – von einem »Tits« hatte er noch nie gehört.

»Auch einer von Emilios Jungs«, erklärte Clemenza. »Eigentlich heißt er Ray Penosi. Aber alle nennen ihn Tits.«

Vito öffnete die Handflächen und fragte: »Glaubt Emilio Barzini etwa, wir würden seinen Whisky klauen?«

»Nein«, erwiderte Genco. »So dumm ist Emilio nicht. Joe glaubt, dass wir seinen Whisky klauen, und Emilio glaubt, dass wir vielleicht wissen, wer dahintersteckt.«

Vito strich sich mit dem Handrücken übers Kinn und dachte einen Moment nach. »Wie schafft es jemand, der so dumm ist« – er meinte Giuseppe Mariposa –, »so erfolgreich zu sein?«

»Emilio arbeitet für ihn«, antwortete Tessio. »Das hilft.«

»Ja, die Barzini-Brüder arbeiten für ihn«, bestätigte Clemenza, »und außerdem die Rosatto-Brüder, Tomasino Cinquemani, Frankie Pentangeli – *Madon'!* Seine Capos ...« Clemenza ballte die Hände, um auszudrücken, dass Mariposas Capos harte Jungs waren.

Vito griff nach dem Glas mit gelblichem Strega auf dem Tisch. Er nahm einen Schluck und stellte es wieder hin. »Dieser Mann hat Beziehungen nach Chicago. Er hat die Tattaglias in der Tasche. Politiker und reiche Geschäftsleute unterstützen ihn ...« Vito öffnete erneut die Handflächen. »Warum sollte ich mir einen solchen Mann zum Feind machen, indem ich ihm ein paar Dollars stehle?«

»Er ist ein guter Freund von Capone«, fügte Tessio hinzu. »Sie kennen sich schon ewig.«

»Sie haben Capone nach Alcatraz verlegt«, sagte Clemenza. »Frank Nitti hat jetzt in Chicago das Sagen.«

»Nitti glaubt, dass er in Chicago das Sagen hat«, entgegnete Genco. »In Wirklichkeit hat Ricca das Heft in der Hand.«

Vito seufzte vernehmlich, und die drei Männer schwiegen sofort. Mit einundvierzig hatte sich Vito noch immer sein jugendliches Aussehen bewahrt: sein dunkles Haar, seine breite Brust und seine muskulösen Arme, seine olivfarbene Haut, die von keinerlei Falten verunstaltet wurde. Obwohl er etwa im gleichen Alter war wie Clemenza und Genco, wirkte er zehn Jahre jünger als sie und zwanzig Jahre jünger als Tessio, der schon bei seiner Geburt wie ein alter Mann ausgesehen hatte. »Genco, Consigliere. Ist es möglich, dass er so *stupido* ist? Oder ...« Vito unterstrich die Frage mit einem Achselzucken. »Oder führt er etwas anderes im Schilde?«

Genco dachte über diese Möglichkeit nach. Er bewegte die Hände vor seinem Bauch, als würde er mit einem unsichtbaren Ball jonglieren. Genco war ein schlanker Mann mit einer Hakennase, der stets ein wenig nervös wirkte. Er litt fortwährend unter *agita*, so dass er alle paar Stunden zwei Magentabletten in Wasser auflöste und wie einen Whisky hinunterkippte. »Die Sache mit LaConti ist noch nicht vorbei ...«

»LaConti ist bereits tot«, unterbrach ihn Clemenza. »Er weiß es nur noch nicht.«

»Er ist noch nicht tot«, erwiderte Genco. »Es wäre ein Fehler, einen Mann wie Rosario LaConti zu unterschätzen.«

Tessio schüttelte den Kopf, als täte ihm ausgesprochen leid, was er jetzt sagen musste. »LaConti ist so gut wie tot.« Er zog eine Schachtel Zigaretten aus der Innentasche seines Jacketts. »Die meisten seiner Männer sind bereits zu Mariposa übergelaufen.«

»LaConti ist erst dann tot, wenn er tot ist!«, bellte Genco. »Und wenn das passiert, sind die Mariposas die mächtigste Familie überhaupt in New York und auch sonst überall.«

»Mit Ausnahme von Sizilien«, bemerkte Clemenza.

Genco schenkte ihm keine Beachtung. »Aber wie gesagt, LaConti ist noch nicht tot und bis Joe ihn erledigt hat, gibt es für ihn nichts Wichtigeres.« Genco zeigte auf Tessio. »Was bedeutet, dass er glaubt, du würdest seinen Whisky klauen. Oder du«, sagte er an Clemenza gewandt, »oder wir alle«, sagte er zu Vito. »Er hat es aber nicht darauf abgesehen, mit uns Ärger anzufangen. Jedenfalls nicht, solange die Sache mit LaConti noch offen ist. Aber er möchte, dass die Überfälle aufhören.«

Vito öffnete eine Schreibtischschublade, nahm eine Kiste Nobili-Zigarren heraus und wickelte eine davon aus. Zu Clemenza sagte er: »Bist du mit Genco einer Meinung?«

Clemenza faltete die Hände über dem Bauch. »Mariposa hat keinen Respekt vor uns.«

»Er hat vor niemand Respekt«, bestätigte Tessio.

»Für Joe sind wir nur ein Haufen *finocchios*.« Clemenza rutschte unruhig auf seinem Sessel herum und wurde leicht rot. »Nicht besser als die irischen Rowdys, die er aus dem Geschäft gedrängt hat – kleine Möchtegerne. Ich glaube, dass es ihm egal ist, ob er sich mit uns anlegt oder nicht. Der hat mehr Jungs auf der Straße, als er brauchen kann.«

»Dem widerspreche ich nicht«, sagte Genco und trank seinen Anislikör aus. »Mariposa ist dumm. Er hat vor niemandem Respekt. Das alles stimmt. Aber seine Capos sind nicht dumm. Sie werden dafür sorgen, dass er sich zuerst um die Sache mit LaConti kümmert. Bis das vorbei ist, sind diese Whiskydiebstähle nur eine Nebensache, nichts weiter.«

Vito zündete seine Zigarre an und wandte sich an Tessio. Im Erdgeschoss rief eine der Frauen – es klang wie Richie Gattos Frau Ursula – *T'ta a facc', arruso!*, was lautes Gelächter und einen hitzigen Wortwechsel zwischen den Männern im Wohnzimmer und den Frauen in der Küche zur Folge hatte. Jimmy Mancini rief: *Rompere i coglioni a qualcuno!* Vito runzelte missbilligend die Stirn und gab Tessio mit einem Nicken zu verstehen, er solle seine Meinung sagen.

Tessio drückte seine Zigarette in dem schwarzen Aschenbecher auf dem Fenstersims aus. »Joe hat keine Ahnung, wer ihm den Whisky klaut. Er droht uns, aber er wird abwarten, was passiert.«

Genco stand kurz davor, die Beherrschung zu verlieren. »Vito, das ist eine ganz klare Botschaft! Wenn wir von ihm stehlen, sollten wir besser damit aufhören. Wenn nicht, sollten wir besser herausfinden, wer dahintersteckt, und dem ein Ende machen – aus eigenem Interesse. Seine Capos wissen, dass wir nicht so dumm sind, uns wegen ein paar Dollars mit ihnen anzulegen, aber sie wollen sich auf die Sache mit LaConti konzentrieren, und wir sollen währenddessen die Drecksarbeit für sie machen. So müssen sie sich nicht darum kümmern und ich würde wetten, dass die Barzinis auf diese Idee verfallen sind.« Er holte eine Zigarre aus seiner Jacketttasche, riss die Verpackung auf. »Vito, hör auf deinen Consigliere.«

Vito schwieg einen Moment, bis Genco sich wieder beruhigt hatte. »Wir arbeiten jetzt also für Mariposa.« Er zuckte mit den Achseln. »Wie kommt es«, fragte er in die Runde, »dass niemand weiß, wer hinter diesen Überfällen steckt? Sie müssen den Whisky doch an jemanden verkaufen, oder?«

»Sie verkaufen ihn an Luca Brasi«, sagte Clemenza, »und der verkauft ihn an die Speakeasys in Harlem.«

»Warum setzt Joe dann nicht Luca Brasi unter Druck?«

Clemenza und Tessio sahen einander an, als hofften sie, der andere würde zuerst reden. Schließlich war es Genco, der das Wort ergriff. »Luca Brasi ist ein Tier. Er ist groß, so stark wie zehn Mann und völlig verrückt. Mariposa hat Angst vor ihm. Alle haben Angst vor ihm.«

»*Il diavolo!*«, sagte Clemenza. »Vinnie Suits schwört, er habe gesehen, wie Brasi aus nächster Nähe einen Schuss ins Herz einsteckte und einfach davongegangen ist, als sei nichts geschehen.«

»Ein Dämon aus der Hölle«, sagte Vito und lächelte, als würde ihn das amüsieren. »Wie kommt es, dass ich von diesem Kerl bisher noch nichts gehört habe?«

»Er ist nur ein kleiner Gauner«, erwiderte Genco. »Mehr als vier, fünf Leute hat der nicht. Die haben sich auf Raubüberfälle spezialisiert, und dann haben sie noch die Lotterie am Laufen, die sie den Iren abgenommen haben. Bisher hat er kein Interesse gezeigt, seinen Einflussbereich zu vergrößern.«

»Wo macht er seine Geschäfte?«, fragte Vito.

»Im irischen Viertel zwischen der Zehnten und Elften und oben in Harlem«, antwortete Tessio.

»Also gut.« Vito nickte, um anzudeuten, dass die Diskussion damit beendet war. »Ich werde mich um diesen *demone* kümmern.«

»Vito«, sagte Genco, »Luca Brasi ist niemand, mit dem man vernünftig reden kann.«

Vito wandte sich zu Genco um, blickte jedoch direkt durch ihn hindurch.

»*Mannagg'!*« Genco ließ sich nach hinten gegen die Lehne fallen.

»Sonst noch etwas?« Vito schaute auf seine Armbanduhr. »Das Abendessen wartet bereits auf uns.«

»Ich hab furchtbar Hunger«, sagte Clemenza, »aber ich kann nicht bleiben. Meine Frau hat ihre Familie eingeladen. *Madre 'Dio!*« Er schlug sich mit der flachen Hand gegen die Stirn.

Genco musste laut lachen, und sogar Vito konnte sich ein Grinsen nicht verkneifen. Clemenzas Frau war genauso schwergewichtig wie er, und sie hatte in ihrer Ehe eindeutig die Hosen an. Ihre Familie war dafür bekannt, dass sie gerne herumschrie und sich über alles Mögliche heftige Wortwechsel lieferte, von Baseball bis Politik.

»Eine Sache noch«, sagte Tessio. »Wenn wir schon bei den Iren sind. Ich hab gehört, dass sich da eine Gruppe herausbildet. Die Brüder O'Rourke sollen sich mit den Donellys und Pete Murray getroffen haben und noch mit ein paar anderen. Ihnen passt nicht, wie sie aus ihren alten Geschäften gedrängt wurden.«

Vito tat das mit einer Kopfbewegung ab. »Die einzigen Iren, um die wir uns Sorgen machen müssen, sind Cops und Politiker. Die Leute, von denen du da sprichst, das sind Straßenschläger. Wenn die versuchen, sich zu organisieren, lassen sie sich eh nur volllaufen und bringen sich gegenseitig um.«

»Trotzdem«, beharrte Tessio. »Das könnte ein Problem werden.«

Vito warf Genco einen fragenden Blick zu.

»Behalte sie erst mal im Auge«, sagte Genco zu Tessio. »Wenn du sonst noch was hörst …«

Vito erhob sich von seinem Sessel und klatschte in die Hände, das Treffen war beendet. Er drückte seine Zigarre in einem Kristallaschenbecher aus, trank den letzten Schluck Strega und folgte Tessio durch die Tür und die Treppe hinunter. Sein Haus war voll von Verwandten und Freunden. Im Wohnzimmer am Fuß der Treppe befanden sich Richie Gatto, Jimmy Mancini und Al Hats mitten in einer Diskussion über die Yankees und Babe Ruth. »*Il bambino!*«, rief Mancini, bevor er Vito die Treppe herunterkommen sah. Gemeinsam mit den anderen Männern stand er auf. Al, ein elegant gekleideter kleiner Mann Mitte fünfzig, rief laut zu Tessio: »Diese *cetriols* wollen mir erzählen, Terry sei ein besserer Manager als McCarthy!« – »Memphis Bill!«, erwiderte Genco. Clemenza rief ebenso laut: »Die Yanks liegen fünf Spiele hinter den Senators!« Und Tessio sagte: »Die Giants haben den Sieg schon so gut wie in der Tasche.« Sein Tonfall legte nahe, dass er darüber nicht eben glücklich war, schließlich war er ein eingefleischter Fan der Brooklyn Dodgers, aber so war es nun mal. Hats stöhnte theatralisch, und Richie und Jimmy lachten. Sonny kam zusammen mit Ursula Gatto, die sich mit einem roten Handtuch die Fingerspitzen abrieb, aus der Küche herein. Ursula war Anfang dreißig, hatte einen großen Busen und eine laute Stimme – sie wirkte fast schon matronenhaft.

»Pa«, sagte Sonny, »wie geht es dir?« Er bahnte sich einen Weg durch die Menge und umarmte Vito.

Vito tätschelte Sonny den Nacken. »Wie läuft es bei dir?«

»Gut!« Sonny deutete auf die offene Tür zwischen Wohn- und Esszimmer, durch die gerade Tom trat, Connie auf dem Arm und Fredo und Michael rechts und links neben sich. »Schau mal, wen ich aufgelesen habe«, sagte er und meinte Tom.

»Hallo, Pa!« Tom setzte Connie auf dem Sofa ab und ging zu Vito hinüber.

Vito umarmte ihn und hielt ihn dann an der Schulter. »Was hast du denn hier zu suchen, solltest du nicht studieren?«

In dem Moment kam Carmella aus der Küche. Sie trug eine große Platte mit Antipasti: zusammengerollte Scheiben *capicola* mit leuchtend roten Tomaten, schwarzen Oliven und Stücken frischen Käses. »Er braucht etwas Ordentliches zu essen!«, rief sie. »Von dem Mist, den sie ihm da vorsetzen, verkümmert noch sein Gehirn! *Mangia!*« Mit einer Kopfbewegung wies sie Richtung Esszimmer und trug die Platte zum Tisch, bei dem es sich eigentlich um zwei Tische handelte, die aneinandergestellt worden waren. Eine rote und eine grüne Tischdecke waren darübergelegt.

Tessio und Clemenza entschuldigten sich und mussten erst ein halbes Dutzend Hände schütteln und ebenso viele Umarmungen erwidern, bevor sie gehen konnten.

Vito legte Tom die Hand auf den Rücken und führte ihn ins Esszimmer, wo die anderen Männer Stühle an den Tisch schoben, während die Frauen die Gedecke auflegten und weitere Tabletts mit Antipasti und Brot sowie rote und gelbe Karaffen mit Öl und Essig hereintrugen. Jimmy Mancinis Frau, kaum über zwanzig, war mit den anderen Frauen in der Küche zugange. Sie bereiteten die Tomatensoße mit Fleisch und Gewürzen zu, und alle paar Minuten war ihr hohes, gackerndes Lachen zwischen den Stimmen der älteren Frauen zu hören, die einander Geschichten über ihre Familien und Nachbarn erzählten. Carmella am Küchentisch hinter ihnen beteiligte sich ebenfalls an der Unterhaltung, während sie Teigstreifen schnitt, die sie über große Stücke *manicotti* legte und dann die Ränder mit einer Gabel festdrückte. Sie war schon früh aufgestanden, um den Teig vorzubereiten, und bald würde sie die Ravioli in den großen Topf mit kochendem Wasser werfen. Neben ihr am Tisch war Anita Columbo, eine von Carmellas Nachbarn, schweigend damit beschäftigt, die *bracciole* vorzubereiten, während Anitas Enkelin Sandra, eine Sechzehnjährige mit rabenschwarzem Haar, die erst vor kurzem aus Sizilien herübergekommen war, leicht angebräunte Kartoffelkroketten auf einem hellblauen Servierteller anrichtete. Sandra war ebenso schweigsam wie ihre Großmutter, obwohl sie ein einwandfreies Englisch sprach, das sie von ihren Eltern gelernt hatte, die bei Anita in der Bronx aufgewachsen waren.

Auf dem Wohnzimmerteppich spielte Connie mit der gleichaltrigen Lucy Mancini, die bereits doppelt so viel auf die Waage brachte, obwohl sie kaum größer war. Sie saßen in einer Ecke und spielten leise mit Puppen und Teetassen. Michael Corleone, dreizehn und in der achten Klasse, stand im Wohnzimmer im Zentrum der Aufmerksamkeit. Er trug ein schlichtes weißes Hemd mit einem Stehkragen, saß am Tisch und hatte die Hände vor sich gefaltet. Gerade hatte er allen Anwesenden erklärt, dass er bis zum Ende des Jahres in Amerikanischer Geschichte eine »umfangreiche« Hausarbeit schreiben musste und dass er »in Betrachtung zog«, sie über die Teilstreitkräfte der USA zu verfassen: das Heer, die Marineinfanterie, die Marine, die Luftwaffe und die Küstenwache. Fredo Corleone, der sechzehn Monate älter war als Michael und in eine Klasse über ihm ging, rief: »Hey, *stupido*! Seit wann gehört die Küstenwache zu den Streitkräften?«

Michael ließ sich nicht aus der Ruhe bringen. »Schon immer«, sagte er und schaute dann zu Vito hinüber.

»Depp!« Fredo gestikulierte mit einer Hand, während er mit der anderen einen seiner Hosenträger umklammert hielt. »Die Küstenwache ist ganz bestimmt *nicht* Teil der Armee.«

»Das ist aber komisch, Fredo.« Michael lehnte sich zurück und wandte seine ganze Aufmerksamkeit dem Bruder zu. »Dann ist die Broschüre, die ich von der Musterungsstelle bekommen habe, also falsch.«

Als der ganze Tisch in Gelächter ausbrach, rief Fredo seinem Vater zu: »Hey, Pa! Die Küstenwache gehört nicht zu den Streitkräften, stimmt's?«

Vito, der am Kopf des Tisches saß, schenkte sich aus einem einfachen Krug Rotwein ein. Das Alkoholverbot würde erst in einigen Monaten widerrufen werden, aber in der Bronx gab es nicht eine einzige italienische Familie, die zu ihrer Sonntagsmahlzeit keinen Wein trank. Nachdem Vitos Glas voll war, schenkte er Sonny ein, der direkt links neben ihm saß. Rechts von ihm stand Carmellas leerer Stuhl.

Tom antwortete an Vitos Stelle. Er legte Fredo den Arm um die Schulter und sagte: »Mikey hat recht. Allerdings hält sich die Küstenwache aus den größeren Konflikten heraus.«

»Siehst du«, sagte Fredo zu Michael.

»Und wenn schon«, erwiderte Michael laut. »Wahrscheinlich schreibe ich meine Hausarbeit über den Kongress.«

Vito nickte ihm aufmunternd zu: »Vielleicht wirst du irgendwann selbst dem Kongress angehören.«

Michael lächelte, während Fredo etwas vor sich hin murmelte, und dann kamen Carmella und die anderen Frauen herein und stellten zwei große Schüsseln mit Ravioli in Tomatensoße auf den Tisch sowie Platten mit Fleisch und Gemüse. Beim Anblick des Essens redeten alle aufgeregt durcheinander, und während die Frauen ausschöpften, wurde laut gescherzt. Nachdem jeder seine Portion bekommen hatte, hob Vito sein Glas und sagte: »*Salute!*«, woraufhin alle es ihm gleichtaten und sich dann über das Sonntagsmahl hermachten.

Wie immer redete Vito während des Essens nicht viel. Um ihn herum unterhielten sich seine Verwandten und Freunde angeregt, doch er aß langsam, nahm sich Zeit, ließ sich Soße und Pasta, Fleischbällchen und *bracciole* auf der Zunge zergehen und nahm tiefe Schlucke von dem Rotwein, der den weiten Weg aus der Heimat gekommen war, um seinen Sonntagstisch zu schmücken. Ihm gefiel es nicht, wie andere am Tisch, vor allem Sonny, das Essen hinunterschlangen. Vito hatte den Eindruck, dass sie sich mehr auf das konzentrierten, was geredet wurde, als auf die Mahlzeit. Das ärgerte ihn, aber anmerken ließ er sich davon nichts, denn er wusste, dass er es war, der aus der Reihe fiel. Er tat gerne eines nach dem anderen, schenkte allem die nötige Aufmerksamkeit. In vieler Hinsicht unterschied er sich grundlegend von den Menschen, die ihn großgezogen hatten und unter denen er lebte. Das war ihm durchaus bewusst. Wenn es um Sex ging, war er stets äußerst zugeknöpft, während seine Mutter und die meisten anderen Frauen, die er kannte und liebte, mit Begeisterung derbe Zoten rissen. Carmella verstand Vito und achtete darauf, was sie sagte, wenn er in Hörweite war, doch einmal war er in die Küche gekommen, die voller Frauen gewesen war, und hatte Carmella sagen hören: »*Si sta facendo un ditalino.*« Das war ihm noch Tage später unangenehm gewesen. Vito war ein zurückhaltender Mensch – seine Landsleute dagegen waren für ihre Direktheit und Emotionalität bekannt, jedenfalls unter Verwandten und Freunden. Er aß langsam, und während er aß, hörte er aufmerksam zu.

»Vito«, sagte Carmella nach einer Weile. Sie bemühte sich, gelassen zu bleiben, konnte sich ein Lächeln jedoch nicht verkneifen. »Gab es da nicht etwas, das du sagen wolltest?«

Vito berührte die Hand seiner Frau und ließ den Blick über den Tisch schweifen. Augenblicklich waren alle still. Die Gattos und Mancinis und Abbandandos sahen ihn neugierig an, und seine Familie, seine Söhne Sonny und Tom, Michael und Fredo, ebenso. Selbst Connie, die am anderen Ende des Tisches neben ihrer Freundin Lucy saß, musterte ihn erwartungsvoll.

»Liebe Familie, liebe Freunde«, sagte Vito und machte mit seinem Glas eine Handbewegung, die die Abbandandos einschloss, »ich möchte diese Gelegenheit ergreifen und euch alle wissen lassen, dass ich auf Long Island ein Stück Land gekauft habe, nicht allzu weit weg, in Long Island City. Dort lasse ich Häuser für meine Familie und einige meiner engsten Freunde und Geschäftspartner bauen.« Er nickte in Richtung der Abbandandos. »Genco und seine Familie werden mit uns nach Long Island ziehen. Nächstes Jahr um diese Zeit werden wir hoffentlich bereits dort wohnen können.«

Einen Moment lang herrschte völlige Stille. Carmella und Allegra Abbandando lächelten als Einzige, denn sie hatten beide die Grundstücke und die Entwürfe der Architekten gesehen. Die anderen schienen unsicher, wie sie reagieren sollten.

»Pa, meinst du wie ein Gehöft? Alle Häuser dicht beieinander?«, fragte Tom.

»*Sì! Esattament'!*«, erwiderte Allegra und verstummte sofort wieder, als Genco sie unwirsch ansah.

»Es handelt sich um sechs Grundstücke«, fuhr Vito fort, »und im Laufe der Zeit werden wir auf allen Häuser errichten. Im Moment werden dort Häuser für uns, die Abbandandos, Clemenza und Tessio gebaut und ein weiteres für unsere Geschäftspartner, wenn wir sie in der Nähe haben möchten.«

»Es wird von einer Mauer umgeben sein«, sagte Carmella, »wie eine Burg.«

»Wie eine Festung?«, fragte Fredo.

»*Sì*«, antwortete Carmella und lachte.

»Was ist mit der Schule?«, wollte Michael wissen.

»Macht euch keine Sorgen«, erwiderte Carmella. »Ihr werdet dieses Schuljahr noch hier abschließen.«

»Können wir hinfahren?«, rief Connie. »Und uns alles anschauen?«

»Bald«, sagte Vito. »Wir werden einen Ausflug unternehmen. Einen ganzen Tag lang.«

»Der Herr meint es gut mit Ihnen«, sagte Anita Columbo. »Aber wir werden Sie auch vermissen.« Sie faltete die Hände vor der Brust, als wollte sie beten. »Ohne die Corleones wird hier nichts mehr so sein, wie es war.«

»Für unsere Freunde werden wir immer da sein«, sagte Vito. »Das verspreche ich Ihnen.«

Sonny, der ungewöhnlich schweigsam gewesen war, schenkte Anita ein strahlendes Lächeln. »Keine Angst, Mrs. Columbo. Sie glauben doch nicht etwa, dass ich Ihre schöne Enkelin aus den Augen lassen werde!«

Sonnys Dreistigkeit brachte alle am Tisch zum Lachen – alle außer Sandra, Mrs. Columbo und Vito.

Als das Gelächter verstummt war, sagte Vito zu Mrs. Columbo: »Verzeihen Sie meinem Sohn, Signora. Er ist mit einem guten Herzen und einem losen Mundwerk gesegnet.« Um diese Bemerkung zu unterstreichen, gab er Sonny einen leichten Klaps auf den Hinterkopf.

Vitos Worte und der Klaps provozierten erneutes Gelächter, und auch Sandra lächelte schüchtern. Mrs. Columbos abweisende Miene hellte sich jedoch nicht im Mindesten auf.

Jimmy Mancini, ein großer Kerl Anfang dreißig, hob sein Weinglas. »Auf die Corleones! Möge Gott sie segnen und erhalten! Möge die Familie wachsen und gedeihen!« Er hob sein Glas noch höher, sagte: »*Salute!*«, und trank einen tiefen Schluck. Alle am Tisch taten es ihm nach, riefen: »*Salute!*«, und tranken.

4.

Sonny streckte sich auf dem Bett aus, die Hände im Nacken gefaltet und die Beine übereinandergelegt. Durch die offene Zimmertür konnte er in die Küche hinüberschauen, wo an der Wand über einer Badewanne mit Klauenfüßen eine Uhr hing. Tom hatte das Apartment *sparsam* genannt, und dieses Wort ging Sonny im Kopf herum, während er darauf wartete, dass die Minuten bis Mitternacht verstrichen. In der Mitte des Ziffernblattes standen, in derselben schwarzen Druckschrift wie die Ziffern selbst, die Worte *Smith & Day*. Der Minutenzeiger machte alle sechzig Sekunden einen kleinen Satz, und der Stundenzeiger kroch immer weiter auf die Zwölf zu. *Sparsam* bedeutete so viel wie »kaum Möbel und nur spärlich eingerichtet«. Das traf es gut. Eine billige Kommode, die zur Wohnung gehörte, war das einzige andere Möbelstück im ganzen Zimmer. In der Küche standen zwei weiße Stühle und ein Tisch mit einer einzigen Schublade, die Platte einbrennlackiert und rot gefasst. Auch der Griff der Schublade war rot. *Sparsam* … Mehr brauchte er nicht. Seine Mutter kümmerte sich um seine Wäsche, er badete zu Hause (er betrachtete die Wohnung seiner Eltern noch immer als sein Zuhause), und er nahm nie irgendwelche Mädchen mit hierher, sondern ging lieber zu ihnen oder schob eine schnelle Nummer auf der Rückbank des Wagens.

Ihm blieben noch fünf Minuten, bevor er aufbrechen musste. Er ging ins Bad und musterte sich im Spiegel des Arzneischränkchens. Er trug ein dunkles Hemd, schwarze Chinos und schwarze Nat-Holman-Turnschuhe. Fast schon eine Uniform. Er hatte entschieden, dass sie, wenn sie ein Ding drehten, alle das Gleiche anziehen sollten. Das erschwerte es, sie voneinander zu unterscheiden. Dabei mochte er Turnschuhe gar nicht. Er fand, dass sie damit noch mehr wie kleine Jungs aussahen, und das konnten sie nun überhaupt nicht gebrauchen, denn der Älteste von ihnen war achtzehn. Cork war jedoch der Meinung, dass sie in Turnschuhen schneller laufen konnten, und so trugen sie eben Turnschuhe.

Cork war eins siebzig groß und brachte etwa hundertzwanzig Pfund auf die Waage, aber es gab keinen, der sich mit ihm anlegen wollte, auch Sonny nicht. Er war unerbittlich, und Sonny hatte selbst miterlebt, wie er einen Typen mit einem harten rechten Haken bewusstlos geschlagen hatte. Außerdem war er verdammt klug. In seiner ganzen Wohnung standen Kisten voller Bücher herum. Er war schon immer so gewesen, eine Leseratte, seit sie zusammen in die Grundschule gegangen waren.

Sonny nahm eine dunkelblaue Jacke von einem Haken an der Wohnungstür. Er schlüpfte hinein, fischte eine Wollmütze aus der Tasche und zog sie sich über seinen dichten Haarschopf. Als er noch einmal einen Blick auf die Uhr warf, war es genau Mitternacht. Rasch trabte er die Treppe zur Mott Street hinunter. Ein Dreiviertelmond spähte durch ein Loch in der Wolkendecke und tauchte die Mietskasernen mit ihren Backsteinfassaden und schwarzen Feuertreppen in blasses Licht. Sämtliche Fenster waren dunkel, und es sah nach Regen aus. An der Ecke Mott und Grand warf eine Laterne einen Lichtkreis auf das Pflaster. Sonny ging darauf zu, und nachdem er sich vergewissert hatte, dass er auf der Straße alleine war, schlüpfte er in das Gewirr von Gassen und folgte ihnen über die Mulberry zur Baxter, wo Cork hinter dem Steuer eines schwarzen Nash mit aufgesetzten Scheinwerfern und breitem Trittbrett auf ihn wartete.

Sobald Sonny neben ihn auf den Vordersitz gerutscht war, fuhr Cork langsam los. »Sonny Corleone«, sagte er und sprach Sonnys Nachnamen wie ein muttersprachlicher Italiener aus, was ihm offenbar großen Spaß machte. »Was für ein scheißlangweiliger Tag. Wie lief's bei dir?« Er war genauso angezogen wie Sonny, wobei seine Mütze seine blonden Locken nur unzureichend bedeckte.

»Genauso«, sagte Sonny. »Bist du nervös?«

»Ein wenig«, erwiderte Cork. »Aber das müssen die anderen nicht wissen, okay?«

»Für was hältst du mich?« Sonny versetzte Cork einen Schubs und deutete dann die Straße hinauf zur nächsten Ecke, wo die

Romeros – Vinnie und Angelo – auf der untersten Stufe einer Treppe auf sie warteten.

Cork fuhr rechts ran und gab sofort wieder Gas, kaum waren die beiden Jungs hinten reingesprungen. Vinnie und Angelo waren Zwillinge, und Sonny musste sehr genau hinschauen, um sie auseinanderzuhalten. Vinnie trug sein Haar ganz kurz geschnitten und sah dadurch männlicher aus, während Angelo sich das Haar stets in einem Scheitel nach hinten kämmte. Jetzt hatten sie Mützen auf, und Sonny erkannte Angelo nur an den wenigen Strähnen, die ihm in die Stirn fielen.

»Himmel!«, sagte Cork und schaute in den Rückspiegel. »Ich kenn euch Vögel jetzt schon mein ganzes Leben lang, aber wenn ihr so angezogen seid, hab ich keine Ahnung, wer wer ist.«

Vinnie sagte: »Ich bin der Klügere«, und Angelo sagte: »Ich seh besser aus«, und dann lachten beide. »Hat Nico die Knarren bekommen?«, fragte Vinnie.

»Ja.« Sonny nahm seine Mütze ab, strich sich das Haar glatt und mühte sich dann, sie wieder ordentlich darüberzuziehen. »Haben uns einen Haufen Moos gekostet.«

»Sie sind's wert«, brummte Vinnie.

»Hey, du bist an der Gasse vorbeigefahren!« Sonny hatte nach hinten geschaut. Jetzt wandte er sich zu Cork um und schubste ihn.

»Wo?«, fragte Cork. »Und hör mit der Schubserei auf, du Schafskopf!«

»Vor der Wäscherei.« Sonny deutete auf die Schaufensterscheibe von Chick's Laundry. »Bist du blind?«

»Von wegen blind«, erwiderte Cork. »Ich war abgelenkt.«

»*Stugats!*« Sonny schubste Cork erneut, und beide mussten lachen.

Cork drückte den Schalthebel nach hinten und fuhr rückwärts in die Gasse. Dann schaltete er Motor und Scheinwerfer aus.

»Verdammte Scheiße, wo stecken die nur?«, sagte Angelo, doch in dem Moment öffnete sich eine verzogene Tür, die auf die Gasse hinausging, und Nico Angelopoulos trat zwischen übervollen Mülleimern auf das von Abfällen übersäte Pflaster, Stevie Dwyer ihm dicht auf den Fersen. Nico war etwas kleiner als Sonny und trotzdem größer als alle anderen. Er war dünn und hatte den sehnigen Körper eines Läufers. Stevie dagegen war klein und stämmig. Beide schleppten sie schwarze Seesäcke, die sie sich über die Schulter geworfen hatten. Ihnen war anzusehen, dass die Taschen ziemlich schwer waren.

Nico stieg vorne ein. »Wartet nur, bis ihr diese Dinger seht.«

Stevie hatte seine Tasche auf dem Boden des Wagens abgestellt und war bereits damit beschäftigt, sie zu öffnen. »Beten wir, dass diese MPs kein Haufen Schrott sind.«

»Ein Haufen Schrott?«, entgegnete Cork.

»Wir haben sie nicht getestet. Ich hab diesem dämlichen Griechen gesagt ...«

»Ach, halt die Klappe«, fauchte Nico Stevie an. Zu Sonny sagte er: »Was hätten wir denn tun sollen – in meinem Zimmer herumballern, während die Leutchen unter uns Arthur Godfrey zuhören?«

»Da wären wohl ein paar Nachbarn wach geworden«, sagte Vinnie.

»Hoffentlich sind die kein Ausschuss«, sagte Stevie. »Sonst können wir sie uns gleich in den Hintern stecken.«

»Das ist ungefähr so komisch wie ein brennendes Waisenhaus«, meinte Cork.

»Es sollte nicht komisch sein«, erwiderte Stevie.

Nico zog eine der Knarren aus seinem Seesack und reichte sie Sonny, der die Maschinenpistole am Schaft hielt und dann die Hand um den auf Hochglanz polierten Holzgriff legte, der sich unten am Lauf befand. Der Griff hatte Vertiefungen für die Finger, und das Holz fühlte sich warm und fest an. Das runde, schwarze Magazin in der Mitte der Waffe, etwa einen Zentimeter vor dem Abzugsbügel, erinnerte Sonny an eine Filmdose. »Hast du die von Vinnie Suits in Brooklyn?«, fragte er Nico.

»Ja, klar. Wie du gesagt hast.« Die Frage schien Nico zu überraschen.

Sonny wandte sich zu Little Stevie um. »Dann ist das kein Ausschuss«, sagte er. Und zu Nico: »Meinen Namen habt ihr nicht erwähnt, oder?«

»Heilige Scheiße«, sagte Nico. »Hab ich mich plötzlich in ein Rindvieh verwandelt? Niemand hat deinen Namen erwähnt oder sonst was in der Richtung.«

»Wenn mein Name irgendwem rausrutscht«, sagte Sonny, »sind wir erledigt.«

»Ja, ja, ja.« Cork ließ den Wagen an und fuhr aus der Gasse hinaus. »Steckt die Dinger weg, sonst bekommen wir noch Ärger mit den Bullen.«

Sonny ließ die MP in dem Seesack verschwinden. »Wie viele Magazine haben wir?«

»Jeweils zwei pro Knarre«, sagte Nico. »Die Scheißdinger sind echt schwer!«

»Ihr Nieten kommt damit klar?«, fragte Sonny die Zwillinge.

»Ich weiß, wie man abdrückt«, sagte Angelo.

»Klar. Wieso nicht?«, pflichtete ihm Vinnie bei.

»Na, dann mal los.« Sonny stupste Cork mit dem Ellbogen an. Der Nash wurde schneller, und Sonny beugte sich nach hinten. »Wie gehabt. Es kommt drauf an, möglichst schnell zu sein und möglichst viel Lärm zu machen, damit sie nicht mehr wissen, wo oben und unten ist. Wir warten, bis der Laster beladen ist. Ein Wagen wird vorausfahren, einer hinterher. Sobald der vordere Wagen vorbei ist, setzt Cork vor den Laster. Vinnie und Angelo, ihr springt raus und ballert rum. Schießt möglichst hoch. Wir wollen niemand umbringen, wenn wir nicht müssen. Nico und ich nehmen uns das Führerhaus vor und kümmern uns um Fahrer und Beifahrer. Stevie behält das Heck des Lasters im Auge, falls da jemand ist.«

»Aber da ist doch bestimmt niemand, oder?«, fragte Stevie. »Als ihr die Sache ausbaldowert habt, ist doch hinten keiner mitgefahren, oder?«

»Nein, nur die Schnapskisten«, sagte Sonny. »Aber man weiß ja nie, also halt die Augen offen.«

Stevie nahm eine MP aus dem Seesack und wog sie in den Händen. »Das werde ich. Ehrlich gesagt hoffe ich sogar, dass da jemand hinten drin ist.«

»Steck das weg«, befahl ihm Cork. »Du wirst niemand eine Bleivergiftung verpassen, wenn es nicht unbedingt sein muss.«

»Keine Sorge. Ich baller nur in die Luft.« Stevie grinste breit.

»Hör auf das, was Cork gesagt hat.« Sonny ließ seinen Blick eine Weile auf Stevie ruhen und fuhr dann fort, den Plan zu erklären. »Sobald wir den Laster haben, düsen wir die Gasse runter. Cork folgt uns, während Vinnie und Angelo weiter Radau machen.« Zu den Romeros sagte er: »Wenn sie versuchen, uns zu folgen, dann schießt auf die Reifen und den Motorblock.« Wieder an alle gewandt, fuhr er fort: »Die ganze Sache müsste in einer Minute vorbei sein. Rein und raus, schnell und verdammt laut. Klar?«

»In Ordnung«, sagten die Romero-Brüder.

»Denkt daran«, sagte Sonny. »Die wissen nicht, was los ist. Wir schon. Die werden völlig verwirrt sein.«

»So verwirrt wie ein hungriger Säugling in einem Zimmer voller Stripperinnen«, sagte Cork. Als niemand lachte, murmelte er: »Herrgott! Wo ist denn euer Humor geblieben?«

»Konzentrier du dich aufs Fahren, Corcoran«, sagte Stevie.

»Herrgott«, sagte Cork noch einmal, und dann herrschte Schweigen.

Sonny träumte seit Wochen von dieser Nacht, seit er gehört hatte, wie Eddie Veltri und Fat Jimmy, zwei von Tessios Kumpanen, die Transaktion beiläufig erwähnt hatten. Viel hatten sie nicht gesagt, aber es reichte Sonny, um sich zusammenzureimen, dass es sich bei der Lieferung um kanadischen Whisky handelte, den sie am Kai von Canarsie abladen würden und der für Giuseppe Mariposa bestimmt war. Der Rest war einfach. Er hing zusammen mit Cork am Hafen herum, bis sie zwei Achtzylinder-Hudson entdeckten, die am Pier neben einem langen Ford-Kleinlastwagen parkten, dessen Ladefläche mit einer blauen Plane abgedeckt war. Ein paar Minuten später kamen zwei schnittige Schnellboote durch das Wasser gepflügt. Sie legten am Pier an, und ein halbes Dutzend Ganoven begannen, Kisten von den Booten in den Laster umzuladen. Zwanzig Minuten später war der Laster beladen, und die Boote rasten wieder davon. Mit den Bullen gab es keine Probleme. Mariposa hatte sie in der Tasche. Das war an einem Dienstagabend gewesen, und am nächsten Dienstag lief das Gleiche ab. Er und Cork schauten sich die Transaktion noch ein weiteres Mal an, und jetzt waren sie bereit. Unwahrscheinlich, dass sie irgendwelche Überraschungen erleben würden. Die Chancen standen gut, dass sich niemand zur Wehr setzen würde. Wer wollte schon wegen einer Ladung billigen Fusels sein Leben riskieren?

Als sie in Hafennähe waren, schaltete Cork die Scheinwerfer aus und fuhr wie geplant eine Gasse entlang. Er nahm den Fuß vom Gas und ließ den Wagen weiterrollen, bis sie den Pier im Blick hatten. Der Lastwagen und die Hudsons parkten genau dort, wo sie auch in den letzten drei Wochen geparkt hatten. Sonny kurbelte sein Fenster herunter. Ein paar breitschultrige Typen lehnten am vorderen Kotflügel des Wagens, der ihnen am nächsten stand, rauchten und plauderten, zwischen sich einen Weißwandreifen mit Chromfelgen. Sonny konnte ihre Unterhaltung hören, aber nicht verstehen, was sie sagten. Zwei weitere finstere Gestalten saßen im Führerhaus des Fords. Dem Aussehen nach waren das Hafenarbeiter, sie trugen Wollmützen und Windjacken. Der Fahrer hatte sich, die Hände auf dem Lenkrad und den Kopf im Nacken, die Mütze über die Augen gezogen. Der Typ auf dem Beifahrersitz rauchte eine Zigarette und blickte auf das Wasser hinaus. Die Ganoven, die neben dem Hudson standen, waren elegant gekleidet, mit Westen, Jacketts und Fedoras.

»Sieht so aus, als würden zwei Hafenarbeiter den Laster fahren«, sagte Sonny zu Cork.

»Gut für uns«, erwiderte Cork.

»Leichte Beute«, fügte Nico etwas nervös hinzu.

Little Stevie tat so, als würde er mit der MP herumballern, flüsterte »ratatat« und grinste. »Hey Mann, ich bin Baby Face Nelson.«

»Du meinst wohl Bonnie und Clyde«, sagte Cork. »Und du bist Bonnie.«

Die Romero-Brüder lachten. Vinnie deutete auf Angelo und sagte: »Er ist Pretty Boy Floyd.«

»Wer ist der hässlichste Gangster der Welt?«, fragte Angelo in die Runde.

»Machine Gun Kelly«, antwortete Nico.

»Das bist du«, sagte Angelo zu seinem Bruder.

»Haltet die Klappe«, erwiderte Cork. »Habt ihr mich verstanden?«

Kurz darauf hörte Sonny das Brummen von Schnellbootmotoren.

»Na also«, sagte Cork. »Jetzt geht's los.«

Sonny hielt seine MP umklammert, den Finger am Abzug, und versuchte, ein Gefühl dafür zu bekommen. »*Che cazzo!*«, sagte er schließlich und schob sie in den Seesack zurück. Dann zog er eine Pistole aus seinem Schulterholster und richtete sie auf das Dach.

»Ist mir auch lieber.« Cork hatte bisher keine der MPs auch nur angefasst. Jetzt holte er eine Pistole aus der Jackentasche und legte sie neben sich auf den Sitz.

»Gute Idee.« Nico warf seine MP ebenfalls auf den Sitz und zog eine kleine Handfeuerwaffe aus einem Schulterholster. »Da kannst du ja gleich ein Kleinkind mit dir rumschleppen.«

Sonny schaute zu den Romeros nach hinten. »Kommt bloß nicht auf dumme Gedanken. Euch und die MPs brauchen wir.«

»Mir gefällt meine Schreibmaschine aus Chicago.« Stevie schob den Lauf durch das Fenster und biss sich auf die Unterlippe.

Am Kai stiegen vier Männer aus den Schnellbooten. Die Ganoven schlenderten hinüber und wechselten ein paar Worte mit ihnen. Einer von ihnen blieb am Rand des Piers stehen und überwachte, wie die Boote entladen wurden, während ein anderer neben dem Laster Stellung bezog. Zwanzig Minuten später schlossen die Hafenarbeiter die Heckklappe des Lasters und sicherten sie mit einer Kette, während die Schnellboote die Motoren anwarfen und auf die Jamaica Bay hinausglitten.

»Also los«, sagte Cork.

Als sich der vordere Wagen, dicht gefolgt von dem Ford und

dem zweiten Hudson, in Bewegung setzte, ließ Cork den Motor aufheulen.

»Einen Moment noch«, sagte Sonny zu Cork. Und an die anderen gewandt: »Schnell und laut!«

Als der vordere Hudson um den Laster herumfuhr und sich an die Spitze des Konvois setzte, spiegelte sich das Licht seiner Scheinwerfer einen Moment lang im schwarzen Wasser unterhalb der Anlegestelle. Dann geschah alles, wie Sonny es geplant hatte, schnell und laut. Cork trat aufs Gas, und der Nash machte einen Satz und kam vor dem Ford zum Stehen. Im selben Moment sprangen Vinnie, Angelo und Stevie aus dem Wagen und schossen in den Himmel. Gerade hatte noch völlige Stille geherrscht, und jetzt veranstalteten sie ein Feuerwerk wie am Nationalfeiertag. Sonny schwang sich auf das Trittbrett des Ford, riss die Tür auf und zerrte den Fahrer heraus. Bis er hinter dem Steuer saß, rutschte Nico bereits auf den Beifahrersitz und brüllte: »Los! Los! Los!« Falls jemand das Feuer erwiderte, bekam Sonny nichts davon mit. Der Fahrer des Ford hatte sich inzwischen wieder aufgerappelt und die Beine unter die Arme genommen. Hinter sich hörte Sonny eine MP knattern, wahrscheinlich Little Stevie. Aus den Augenwinkeln sah er jemanden ins Wasser hechten. Die Hinterreifen des Hudson, der vor ihnen angehalten hatte, waren zerschossen, und seine lange Motorhaube deutete leicht nach oben; seine Scheinwerfer waren auf die dunklen Wolken gerichtet. Angelo und Vinnie standen etwa fünf Meter voneinander entfernt breitbeinig da und drückten immer wieder den Abzug durch. Die MPs glichen wilden Tieren, die sich losreißen wollten. Sie tanzten einen Jig, und die Zwillinge tanzten mit ihnen. Irgendwie war der Ersatzreifen des vorderen Hudson von seinem Platz neben der Fahrertür abgefallen und rollte jetzt ziellos über den Kai. Der Fahrer war nirgends zu sehen, und Sonny vermutete, dass er unter dem Armaturenbrett kauerte. Bei der Vorstellung musste er laut lachen. Während er mit dem Laster in die Gasse einbog, warf er einen Blick in den Seitenspiegel und sah Vinnie und Angelo auf dem Trittbrett stehen. Mit der einen Hand hielten sie sich am Wagen fest, mit der anderen feuerten sie immer wieder über den Pier und auf die Bucht hinaus.

Sonny folgte der Route, die sie abgesprochen hatten, und nach wenigen Minuten befanden sie sich auf dem Rockaway Parkway. Dort herrschte nur leichter Verkehr, so dass Cork ihm problemlos folgen konnte. So weit, so gut. Die Schießerei hatten sie jedenfalls hinter sich. »Hast du gesehen, wie Stevie in den Laster gestiegen ist?«, fragte er Nico.

»Klar«, erwiderte Nico. »Und er hat ordentlich in der Gegend rumgeballert.«

»Sieht so aus, als hätte keiner einen Kratzer abbekommen.«

»Ganz nach Plan«, sagte Nico und gab Sonny einen Schubs.

Sonnys Herz schlug noch immer schnell, doch in Gedanken zählte er bereits das Geld. Die Ladefläche des Lasters war randvoll mit kanadischem Whisky. Plus/minus dreitausend Dollar, schätzte er. Außerdem konnten sie noch den Laster verkaufen.

Nico schien seine Gedanken zu erraten. »Wie viel kriegen wir dafür, was meinst du?«

»Fünfhundert für jeden, hoffe ich«, sagte Sonny. »Kommt drauf an.«

Nico lachte. »Ich hab noch immer meinen Anteil von dem Überfall auf den Geldtransporter. Steckt in meiner Matratze.«

»Was'n los mit dir?«, fragte Sonny. »Findest du kein Mädchen, dem du das Geld hinterherwerfen kannst?«

»Da muss mir erst die Richtige über den Weg laufen.« Nico lachte über sich selbst und schwieg dann wieder.

Viele Mädchen sagten, Nico sehe aus wie Tyrone Power. Im letzten Jahr auf der Highschool hatte er etwas mit Gloria Sullivan am Laufen gehabt, aber dann hatten ihre Eltern ihr verboten, sich weiter mit ihm zu treffen, weil sie ihn für einen Italiener hielten. Vergeblich erklärte sie ihnen, dass er aus Griechenland stammte. Sie durfte ihn trotzdem nicht sehen. Seither hielt sich Nico bei den Mädchen merklich zurück.

»Lass uns alle morgen Abend ins Juke's Joint gehen und ordentlich auf die Pauke hauen«, schlug Sonny vor.

Nico lächelte, blieb ihm jedoch die Antwort schuldig.

Fast hätte Sonny Nico erzählt, dass er den größten Teil seiner Kohle von dem Überfall ebenfalls noch in seiner Matratze aufbewahrte. Die Sache mit dem Geldtransporter hatte ihnen über sieben Riesen eingebracht, etwas weniger als zwölfhundert für jeden – so viel, dass sie sich danach einige Monate lang bedeckt hielten. Wofür zum Teufel sollte Sonny die ganze Kohle auch ausgeben? Er hatte sich bereits einen Wagen und ein paar schicke Klamotten gekauft, und trotzdem hatte er immer noch ein paar tausend Dollar in bar herumliegen. Er machte sich nicht einmal die Mühe, das Geld zu zählen, denn es bereitete ihm kein besonderes Vergnügen, es in Händen zu halten. Er stopfte es in seine Matratze, und bei Bedarf nahm er sich etwas davon. Der Überfall auf den Geldtransporter war ein großes Ding gewesen, er hatte wochenlang Pläne geschmiedet, und vor Aufregung war ihm dabei fast schwindelig gewesen. Als sie es schließlich durchgezogen hatten, war er sich vorgekommen wie an Heiligabend, als er klein gewesen war, aber das Aufsehen, das der Überfall hinterher erregt hatte, gefiel ihm überhaupt nicht. Am nächsten Tag hatten Schlagzeilen auf den Titelseiten des *New York American* und des *Mirror* geprangt, und alle Leute hatten wochenlang von nichts anderem geredet. Als Gerüchte die Runde machten, die Gang von Dutch Shultz hätte dahintergesteckt, war er erleichtert gewesen. Sonny dachte nicht gerne darüber nach, was wohl geschehen würde, wenn Vito ihm auf die Schliche kam. Manchmal überlegte er aber trotzdem, was er zu seinem Vater sagen würde. *Jetzt hör aber auf, Pa. Ich weiß nur zu gut, womit du dein Geld verdienst!* Diese Unterhaltung war er in Gedanken schon mehr als einmal durchgegangen. *Pa, ich bin erwachsen!*, würde er sagen. *Ich habe den Überfall auf den Geldtransporter geplant, über den so viel geschrieben wurde. Ich weiß, was ich tue!* Ihm fielen immer tausend Dinge ein, die er sagen konnte – nur was sein Vater erwidern würde, wusste er nicht. Stattdessen sah er den Blick seines Vaters, wie der schaute, wenn er enttäuscht war.

»Das lief wirklich wie am Schnürchen.« Nico hatte die ganze Zeit geschwiegen, während Sonny den Lastwagen durch die

Bronx lenkte. »Hast du gesehen, wie der Typ vom Pier gesprungen ist? *Madon'!*« Er lachte. »Der ist geschwommen wie Johnny Weissmuller!«

»Welcher war das?«, fragte Sonny. Inzwischen waren sie auf der Park Avenue, nur wenige Blocks von ihrem Ziel entfernt.

»Der Beifahrer«, sagte Nico. »Hast du ihn nicht gesehen? Er hat die Knarren gehört, und *V'fancul'!*, schon war er im Wasser!« Nico krümmte sich vor Lachen.

»Hast du die Romeros gesehen?«, fragte Sonny. »Die MPs haben ihnen ganz schön zu schaffen gemacht. Sie haben ein richtiges kleines Tänzchen aufgeführt.«

Nico nickte und stieß einen Seufzer aus. »Die Dinger haben einen ordentlichen Rückstoß. Vinnie und Angelo sind bestimmt grün und blau.«

Sonny bog in eine ruhige Seitenstraße ein. Vor einem Lagerhaus mit einer Rolltür aus Stahl fuhr er rechts ran. Cork hielt direkt hinter ihnen und stieg aus. »Überlass Cork das Reden«, sagte Sonny zu Nico. Er sprang auf die Straße, schlenderte zu Corks Nash und fuhr davon.

Angelo und Vinnie warteten auf dem Gehsteig. Cork kletterte auf das Trittbrett des Lastwagens und sagte zu Nico: »Neben dem Seiteneingang ist eine Klingel. Läute dreimal kurz, warte einen Moment, und läute noch dreimal kurz. Dann kommst du wieder hierher.«

»Wie lautet das geheime Losungswort?«, fragte Nico.

»Himmel Herrgott noch mal, Nico«, sagte Cork mit nicht zu überhörendem irischen Akzent. »Jetzt beweg deinen Arsch! Ich bin müde.«

Nico läutete am Seiteneingang und lief zum Laster zurück. Cork hatte sich unterdessen hinters Steuer gesetzt. Nachdem es schon den ganzen Abend nach Regen ausgesehen hatte, fing es jetzt an zu nieseln, und Nico schlug den Kragen seiner Jacke hoch, als er vorne um den Wagen herumging. Hinter ihm wurde das Rolltor langsam nach oben gezogen, und ein schwacher Lichtschein fiel auf die Straße. Luca Brasi stand, die Hände auf den Hüften, in der

Mitte der Garage. Er war gekleidet, als wollte er ein vornehmes Restaurant besuchen, und das, obwohl es bald ein Uhr morgens war. Er war über eins achtzig groß, vielleicht eins fünfundachtzig, mit Oberschenkeln wie Telefonmasten. Brust und Schultern schienen ihm bis ans Kinn zu reichen, und sein wuchtiger Schädel wurde von einer vorgewölbten Stirn und tiefliegenden Augen beherrscht. Er sah aus wie ein Neandertaler, der sich in einem grauen Nadelstreifenanzug herausgeputzt hatte, einen schwarzen Fedora schräg auf dem Kopf. Hinter ihm standen, auf die ganze Garage verteilt, Vinnie Vaccarelli, Paulie Attardi, Hooks Battaglia, Tony Coli und JoJo DiGiorgio. Hooks und JoJo kannte Cork aus dem Viertel, die anderen vom Hörensagen. Als er klein gewesen war, waren sie die großen Jungs auf der Straße gewesen. Inzwischen mussten sie Ende zwanzig sein, wenn man bedachte, dass sich die Leute schon Geschichten über sie erzählt hatten, als er noch in den Kindergarten gegangen war. Luca Brasi war ein ganzes Stück älter, vielleicht Ende dreißig, so um den Dreh. Sie sahen alle aus, als wäre mit ihnen nicht zu spaßen. Die Hände in den Hosentaschen lehnten sie an Wänden oder Kistenstapeln, manche hatten eine Hand in der Jacketttasche oder beide Arme vor der Brust verschränkt. Sie trugen alle Homburgs oder Fedoras, mit Ausnahme von Hooks, der mit seinem karierten Porkpie aus der Reihe fiel.

»Heilige Scheiße«, sagte Nico bei dem Anblick. »Ich wünschte, Sonny wäre hier.«

Cork kurbelte das Fenster herunter und bedeutete Vinnie und Angelo, auf das Trittbrett zu steigen. »Lasst mich reden«, sagte er dann. Er ließ den Motor an und fuhr in die Garage.

Hooks und Tony schlossen das Tor, während Cork ausstieg und sich zu Vinnie und Angelo gesellte. Nico kam um den Laster herum und trat zu ihnen. Die Garage wurde von mehreren Hängelampen hell erleuchtet. Der Betonboden hatte Risse und war von Ölflecken übersät. Hier und dort standen Kisten und Kartons herum, aber im Wesentlichen war die Halle leer. Irgendwo über ihnen gurgelte Wasser durch Leitungsrohre. An der Rückwand der Garage war ein Verschlag mit einer Tür und einem Fenster abgetrennt worden, wahrscheinlich das Büro. Das Licht spiegelte sich in der weißen Jalousie, die vor dem Fenster hing. Luca Brasi ging zum Heck des Lastwagens, dicht gefolgt von seinen Leuten. Er ließ die Heckklappe herunter, schob die Plane beiseite und sah sich Stevie Dwyer gegenüber, der zwischen den Kisten kauerte und die MP auf sie gerichtet hatte.

Luca zuckte nicht mit der Wimper, aber seine Männer griffen alle nach ihren Waffen. Cork sah, was los war, und schrie Stevie an, er solle um Himmels willen die Knarre weglegen.

»Scheiße, Mann«, sagte Stevie. »Dafür ist hier doch überhaupt kein Platz.«

»Dann richte sie auf den Boden, du beschissener Volltrottel!«, brüllte Hooks Battaglia.

Stevie zögerte einen Moment, ein Feixen im Gesicht, und ließ die MP dann sinken.

»Steig aus«, sagte Luca.

Stevie sprang von der Ladefläche, wobei er noch immer grinste und die Waffe schwang. Kaum war er auf dem Betonboden gelandet, packte ihn Luca mit einer fleischigen Pranke am Hemdkragen und riss ihm mit der anderen die MP aus der Hand. Während Stevie noch darum bemüht war, nicht das Gleichgewicht zu verlieren, warf Luca die Waffe zu JoJo hinüber und versetzte ihm ansatzlos einen Faustschlag ins Gesicht. Stevie landete in Corks Armen, und als er versuchte, sich wieder aufzurappeln, gaben seine Beine nach, und Cork musste ihn festhalten.

Luca und seine Gang schauten schweigend zu.

Cork reichte Stevie an Nico weiter, der zusammen mit den anderen Jungs zu ihm getreten war. Zu Luca sagte er: »Ich dachte, wir hätten eine Vereinbarung getroffen. Wird's jetzt Schwierigkeiten geben?«

»Nein, wird's nicht«, erwiderte Luca. »Solange nicht noch irgendein anderer schwachköpfiger Ire seine Knarre auf uns richtet.«

»Das war keine Absicht«, sagte Cork. »Er wollte keinen Ärger.«

Hinter ihm brüllte Stevie: »Der verfluchte Spaghettifresser hat mir einen Zahn ausgeschlagen!«

Cork beugte sich zu ihm hinüber und sagte leise, aber doch so laut, dass alle es hören konnten: »Halt bloß das Maul! Sonst stopf *ich* es dir.«

Stevies Oberlippe war geplatzt und bereits dick angeschwollen. Sein Kinn voller Blut, der Kragen seines Hemdes blutbefleckt. »Das trau ich dir glatt zu«, sagte er zu Cork, wobei in seinem Tonfall unmissverständlich mitschwang: Sie waren beide Iren, und Cork wandte sich gegen seinen Landsmann.

»Du Arschgesicht«, flüsterte Cork. »Halt jetzt einfach die Klappe und lass uns das hier durchziehen.«

Cork drehte sich um und bemerkte, dass Luca ihn eingehend musterte. »Wir wollen dreitausend«, sagte Cork. »Das ist alles kanadischer Whisky, vom Besten.«

Luca schaute zu dem Lastwagen hinüber und erwiderte: »Ich gebe euch tausend.«

»Das klingt mir nicht nach einem fairen Preis, Mr. Brasi.«

»Hör bloß mit dem ›Mr. Brasi‹-Scheiß auf, ja? Hier geht's ums Geschäft. Ich heiße Luca. Und du Bobby, richtig?«

»Richtig.«

»Du hast eine hübsche Schwester. Eileen. Betreibt eine Bäckerei drüben an der Elften.«

Cork nickte.

»Siehst du?«, sagte Luca. »Das ist das erste Mal, dass wir ein paar Worte miteinander wechseln, aber ich weiß alles über dich. Und weißt du auch, warum? Weil meine Jungs alles über dich wissen. Hooks und die anderen, die haben für dich gebürgt. Sonst wären wir jetzt nicht hier. Kapiert?«

»Klar«, sagte Cork.

»Was weißt du über mich, Bobby?«

Cork sah Luca lange an, doch die Miene des Italieners blieb verschlossen. »Nicht besonders viel. Fast gar nichts, wenn ich ehrlich bin.«

Luca blickte nach hinten, und seine Männer lachten. »Siehst du? Und so soll es auch sein. Ich weiß alles über dich. Du weißt nichts über mich.«

»Ein Riese ist trotzdem kein fairer Preis.«

»Nein. Ist es nicht.« Luca lehnte sich gegen die Ladefläche des Lastwagens. »Zweitausendfünfhundert wäre wahrscheinlich fair. Aber das Problem ist, dass ihr den Schnaps Giuseppe Mariposa gestohlen habt.«

»Das wussten Sie doch«, erwiderte Cork. »Ich habe Hooks und JoJo alles erzählt.«

»Das hast du.« Luca verschränkte die Arme vor der Brust. Die ganze Sache schien ihm Spaß zu machen. »Und JoJo und die Jungs haben schon zweimal Geschäfte mit dir gemacht, nachdem du Joe um ein wenig Schnaps erleichtert hast. Damit habe ich kein Problem. Ich kann Giuseppe nicht ausstehen.« Sein Blick schweifte zu seiner Gang. »Ich kann die meisten Leute nicht ausstehen.« Seine Männer grinsten breit. »Aber es hat sich herumgesprochen, dass Joe über diese Sache ziemlich sauer ist. Er will wissen, wer ihm den Whisky klaut. Er möchte die Eier der Mistkerle auf einem Tablett serviert bekommen.«

»Die Jungs haben mir versprochen, dass Sie unsere Namen aus allem raushalten«, sagte Cork. »Das war so abgemacht.«

»Das weiß ich. Und ich halte Wort. Aber ich werde mich in absehbarer Zeit um Joe kümmern müssen. Er weiß, dass ich es bin, der seinen Whisky kauft. Also werde ich es mit ihm zu tun bekommen. Und deshalb muss ich an der Sache mehr verdienen.« Als Cork nicht gleich etwas sagte, fügte Luca hinzu: »Schließlich ist das Risiko für mich größer geworden.«

»Und was ist mit dem Risiko, das wir eingegangen sind?«, brüllte Stevie. »Auf uns ist schließlich geschossen worden!«

Ohne ihn anzuschauen, wies Cork ihn zurecht: »Ich hab gesagt, du sollst die Klappe halten.«

Luca schenkte Cork ein wohlwollendes Lächeln, als wüsste er nur zu gut, wie schwierig es war, einen solchen Trottel im Zaum zu halten. »Ich muss das Zeug erst einmal loswerden. Aber ich mach dir einen Vorschlag. Was hattet ihr mit dem Laster vor?«

»Wir haben einen Käufer, der ihn uns abnimmt.«

»Wie viel bekommt ihr dafür?« Luca schlenderte um den Lastwagen herum und begutachtete ihn eingehend. Es war ein neues Modell. Die Holzeinfassung der Ladefläche glänzte noch.

»Wissen wir noch nicht«, sagte Cork.

Nachdem er seinen Rundgang beendet hatte, blieb Luca vor Stevie Dwyer stehen. »Hat keine einzige Kugel abbekommen. Müssen echt miese Schützen gewesen sein.«

Stevie wandte den Blick ab.

»Ich gebe dir fünfzehnhundert dafür«, sagte Luca zu Cork. »Zusammen mit dem Riesen für den Schnaps sind das die zweieinhalbtausend, die ihr haben wolltet.«

»Wir wollten dreitausend haben. Nur für den Schnaps.«

»Also gut. Dreitausend.« Luca legte Cork eine Hand auf die Schulter. »Du verhandelst hart.«

Cork warf seinen Freunden einen raschen Blick zu und drehte sich dann wieder zu Luca um. »Gut, dann eben dreitausend.« Er war froh, die Sache hinter sich zu haben.

Luca deutete auf Vinnie Vaccarelli. »Gib ihnen das Geld.« Er legte Cork einen Arm um die Schulter und führte ihn nach hinten zu seinem Büro. »Mr. Corcoran ist gleich wieder da. Ich möchte etwas mit ihm bereden.«

»Ihr wartet einen Block weiter auf mich«, sagte Cork zu Nico.

Luca trat als Erster in das Büro und schloss hinter Cork die Tür. Der Raum war mit einem Teppich ausgelegt, ein Rosenholzschreibtisch mit Papierstapeln bedeckt. Zwei große Polstersessel standen dem Schreibtisch gegenüber, und an den Wänden, die aus unverputztem Beton bestanden, war ein halbes Dutzend schwarzer Stühle aufgereiht. Fenster nach draußen gab es keine. Luca deutete auf einen der Polstersessel und forderte Cork auf, Platz zu nehmen. Er ging um den Schreibtisch herum, holte eine Kiste Montecristo-Zigarren hervor und bot Cork eine an. »Rauch sie später, wenn du jemand beeindrucken willst. Die kosten fünfzig Cent das Stück.«

Cork bedankte sich und steckte die Zigarre in seine Hemdtasche.

»Hör zu«, sagte Luca und zog sich einen Stuhl heran. »Du und deine Kumpels, ihr seid mir scheißegal. Ich möchte nur, dass ihr euch über ein paar Dinge im Klaren seid. Erstens: Der Kerl, dem ihr das Zeug klaut – wenn der rausfindet, dass ihr das wart, macht er euch alle einen Kopf kürzer.«

»Deshalb arbeiten wir ja auch mit Ihnen zusammen«, sagte Cork. »Solange Sie uns da raushalten, läuft alles gut.«

»Bist du dir sicher, dass euch niemand erkannt hat?«

»Woher denn? Letztes Jahr sind wir noch auf die Highschool gegangen.«

»Du bist ein schlaues Kerlchen«, sagte Luca. »Aber du bist auch ganz schön dickköpfig, und ich bin nicht deine Mutter. Ich war euch gegenüber ehrlich. Wenn ihr so weitermacht, landet ihr im Hudson. Und ich? Ich kann Mariposa nicht ausstehen und habe auch keine Angst vor ihm. Wenn ihr ihn weiter ausnehmen wollt, arbeite ich gerne mit euch zusammen. Aber von jetzt an rede ich nur noch mit dir. Von den anderen Visagen will ich keine mehr sehen, schon gar nicht den Scheißkerl mit der Knarre. Sind wir uns da einig?«

»Klar.« Cork stand auf und reichte Luca die Hand.

Luca hielt ihm die Tür auf. »Noch ein guter Rat, Corcoran. Schmeißt die verdammten Turnschuhe weg. Das ist nichts für einen Profi.«

»Okay, machen wir.«

Luca deutete Richtung Seitentür. »Lass sie einen Spalt offen.« Mit diesen Worten verschwand er wieder im Büro.

Hooks stand mit den anderen auf der Straße und hörte Paulie Attardi zu, der einen Witz erzählte. Sie rauchten Zigaretten und Zigarren. Cork hielt sich etwas abseits und wartete. Seine Kumpels waren nirgendwo zu sehen. Die Laterne an der Ecke war aus, und das einzige Licht kam aus der offenen Seitentür. Der Regen war einem kalten Nebel gewichen. Nachdem der Witz zu Ende war und alle gelacht hatten, trank Vinnie einen Schluck aus einem silbernen Flachmann und reichte ihn herum.

Hooks löste sich aus dem Kreis und drückte Cork kräftig die Hand. Ohne ihn loszulassen, führte er ihn weg von den anderen. »Und, wie war der Boss zu dir?«

»So furchteinflößend finde ich ihn gar nicht«, erwiderte Cork. »Aber er ist schon ein ziemlicher Riese, das ist wohl wahr.«

Hooks schwieg einen Augenblick. Obwohl er wahrscheinlich fast dreißig war, hatte er noch immer ein Babyface. Ein paar kastanienbraune Locken lugten unter der Krempe seines Porkpie hervor. »Was hat er dir gesagt?«

»Er hat mir ein paar Ratschläge gegeben.«

»Ach ja?« Hooks steckte eine Hand in den Gürtel seiner Jacke. »Wahrscheinlich auch, dass du auf dich aufpassen sollst, weil Mariposa dich umbringt, wenn er dich kriegt?«

»Etwas in der Art.«

»Etwas in der Art.« Hooks legte Cork die Hand auf den Rücken und schob ihn in eine dunkle Ecke. »Ich will dir mal was sagen, schließlich war Jimmy einer meiner engsten Freunde. Als Allererstes: Luca Brasi ist ein gottverdammter Psychopath. Du weißt, was das ist?«

Cork nickte.

»Tatsächlich?« Hooks wirkte überrascht. »Bist du sicher?«

»Ja, ich weiß, was ein Psychopath ist.«

»Na schön. Also, Luca Brasi ist ein Psychopath. Versteh mich nicht falsch. Ich kenn ihn, seit ich vierzehn bin, und ich würde meinen rechten Arm für ihn geben, aber wahr ist wahr. In diesem Geschäft ist es keine schlechte Sache, ein Psychopath zu sein. Aber du musst dir darüber im Klaren sein, dass er nur nett zu dir war, weil er Mariposa hasst. Er findet es großartig, dass ihr Joe ärgert. Vor allem, seit sich in der ganzen Stadt herumspricht, dass Joe auf hundertachtzig ist. Wie soll ich es ausdrücken …« Hooks hob kurz den Blick, als suche er nach den richtigen Worten. »Weil Luca der Mittelsmann ist und jeder es weiß und weil Joe noch immer nichts dagegen getan hat, glauben jetzt alle, dass Luca … dass Luca jemand ist, mit dem man sich besser nicht anlegt. Sogar Mariposa lässt ihn in Ruhe. Kapiert? Und ihr, ihr tut ihm also einen Gefallen.«

»Wo ist dann das Problem?«, wollte Cork wissen.

»Das Problem ist, Bobby, dass wir alle wegen euch ins offene

Messer laufen.« Hooks hielt einen Augenblick inne, um seine Worte besser wirken zu lassen. »Luca, dem ist das scheißegal. Aber mir nicht, Bobby. Verstehst du?«

»Nicht ganz.«

»Dann will ich es mal so ausdrücken: Lasst die Finger von Sachen, die Mariposa gehören. Und wenn ihr ihm noch mal was klaut, dann bleibt uns damit vom Leib. Kapierst du es jetzt?«

»Klar«, sagte Cork. »Aber wieso hast du so plötzlich deine Meinung geändert? Bisher wolltest du ...«

»Ich wollte dem kleinen Bruder von Jimmys Frau einen Gefallen tun. Mariposa liegt mit den LaContis im Clinch, also dachte ich mir, wenn da ein paar Kisten Fusel auf der Strecke bleiben, merkt das eh niemand. Und wenn doch, geben sie LaConti die Schuld. Aber so ist es nicht gelaufen. Joe weiß, dass er beklaut wird. Er ist stinksauer, und irgendjemand muss dafür bezahlen. Im Moment kennt dich kein Mensch. Wenn du so schlau bist, wie ich mir hab sagen lassen, dann sorg dafür, dass es so bleibt.« Hooks trat einen Schritt zurück und breitete die Arme aus. »Deutlicher kann ich es nicht mehr ausdrücken. Nimm deinen Grips zusammen. Lass die Finger von Mariposa. Aber egal, was du machst, halt dich von uns fern.«

»Okay«, sagte Cork. »Klar. Aber was ist, wenn Luca zu mir kommt? Wenn er ...«

»Das wird nicht passieren«, fiel ihm Hooks ins Wort. »Keine Sorge.« Er zog eine Schachtel Luckys aus der Jackentasche und bot Cork eine an. Cork nahm sie, und Hooks gab ihm und sich Feuer. Hinter ihm verschwanden die anderen Mitglieder von Lucas Gang einer nach dem anderen wieder in der Garage. »Wie geht's Eileen?«, fragte er. »Jimmy war ein famoser Kerl. Wie geht's der Kleinen? Wie heißt sie noch mal?«

»Caitlin«, antwortete Bobby. »Ihr geht's gut.«

»Und Eileen?«

»So weit okay. Allerdings nimmt sie nicht mehr alles so locker wie früher.«

»Kein Wunder, schließlich hat sie ihren Mann verloren, bevor sie dreißig wurde. Richte ihr einen Gruß von mir aus. Ich halte noch immer Ausschau nach dem Schweinehund, der Jimmy umgebracht hat.«

»Das war ein Aufruhr«, sagte Bobby.

»Quatsch«, erwiderte Hooks. »Ich meine, ja, es war ein Aufruhr, aber trotzdem hat ihn einer von Mariposas Schlägern umgebracht. Richte deiner Schwester einfach aus, dass Jimmys Freunde ihn nicht vergessen haben.«

»Mach ich.«

»Also gut.« Hooks sah sich um und fragte: »Wo sind deine Kumpels hin?«

»Die warten an der nächsten Ecke auf mich. Die Laterne ist hinüber, deshalb sieht man sie nicht.«

»Hast du einen Fahrer, der dich abholt?« Als Cork ihm die Antwort schuldig blieb, lachte Hooks und klopfte ihm auf die Schulter, bevor er in der Garage verschwand.

Cork schlenderte langsam den Gehsteig entlang, bis er vor sich in der Dunkelheit Stimmen hörte. Als er die nächste Ecke erreichte, sah er zwei Zigaretten rot aufleuchten, und bald entdeckte er Sonny und Nico, die auf einer wackeligen Holztreppe saßen. Die meisten Fenster in dem Mietshaus hinter ihnen waren dunkel. Der Nebel hatte sich wieder in Nieselregen verwandelt, und an Nicos Mütze hingen Wassertropfen. Sonny war barhäuptig. Er fuhr sich mit der Hand durchs Haar und schüttelte das Regenwasser ab.

»Was sitzt ihr hier im Regen herum?«, fragte Cork.

»Wir hatten keine Lust mehr, uns Stevies Geschwafel anzuhören«, sagte Nico.

»Er ist nicht damit zufrieden, wie es gelaufen ist.« Sonny stand auf und wandte dem Wagen, der auf der anderen Straßenseite geparkt war, den Rücken zu. »Er ist der Meinung, dass sie uns über den Tisch gezogen haben.«

»Stimmt ja auch.« Cork schaute an Sonny vorbei über die Straße. In dem Wagen bewegte sich die rote Glut mehrerer Zigaretten, zeichnete Kreise und Schleifen in die Luft. Die Fenster standen einen Spalt offen, und Rauch umwaberte das regennasse Dach. »Der Laster war fast neu. Dafür hätten wir leicht ein paar Riesen kriegen müssen.«

»Und?« Sonny stand die Frage ins Gesicht geschrieben: *Warum haben wir das nicht?*

»Was willst du machen?«, fragte Cork. »Die Bullen rufen?«

Sonny lachte, und Nico sagte: »Brasi hat nicht ganz unrecht. Schließlich muss er sich mit Mariposa herumschlagen. Ich geb mich lieber mit weniger Geld zufrieden und bleib am Leben.«

»Er erzählt auch bestimmt niemand von uns?«, fragte Sonny.

»Ja, klar«, erwiderte Cork. »Lass uns ins Trockene gehen.«

Kaum hatte Sonny die Wagentür geschlossen und den Motor angelassen, sagte Stevie Dwyer: »Hast du mit ihm über das Geld geredet?« Die anderen Jungs schwiegen, neugierig auf das, was Sonny zu sagen hatte.

»Worüber sollte er denn mit mir reden, Stevie?« Cork saß vorne und musste sich umdrehen, um Stevie in die Augen zu blicken.

Sonny legte den Gang ein und fuhr los. »Was regst du dich denn so auf?«, fragte er Stevie.

»Was ich mich aufrege?« Stevie riss sich die Mütze vom Kopf und schlug sie sich klatschend aufs Knie. »Wir sind über den Tisch gezogen worden, das regt mich auf! Der Laster war allein schon drei Riesen wert!«

»Klar, wenn du ihn regulär verkaufen könntest. Aber wer kauft schon einen Wagen ohne Papiere?«

»Ganz abgesehen davon«, sagte Nico, »dass du dir eine Kugel in den Rücken einhandelst, wenn dich die falschen Leute mit ihm herumfahren sehen.«

»Da hast du wohl recht«, sagte Sonny.

Cork zündete sich eine Zigarette an und kurbelte das Fenster herunter. »Das war schon in Ordnung«, sagte er zu Stevie. »Schließlich hatte Luca alle Karten in der Hand. Sonst würde uns doch niemand den Fusel von Mariposa abkaufen. Niemand. Und das weiß er. Er hätte uns einen Dollar fünfzig bieten können, und wir hätten ja sagen müssen.«

»Ach, Quatsch.« Stevie pappte sich die Mütze auf den Kopf und ließ sich auf den Sitz zurückfallen.

»Du bist doch bloß sauer, weil dir Luca eine in die Fresse gehauen hat«, sagte Cork.

»Yeah«, brüllte Stevie, wobei sich seine Stimme zu überschlagen drohte. »Und wo waren da meine Kumpels?« Mit weit aufgerissenen Augen blickte er von einem zum anderen. »Die haben keinen Finger gerührt!«

Angelo, der wahrscheinlich der Stillste von ihnen war, wandte sich zu Stevie. »Was hätten wir denn machen sollen? Uns mit denen auf eine Schießerei einlassen?«

»Ihr hättet mir beistehen können!«, sagte Stevie. »Ihr hättet was tun können!«

Cork schob sich die Mütze in den Nacken und kratzte sich am Kopf. »Jetzt hör aber auf, Stevie. Denk doch mal ein bisschen nach.«

»Du kannst mich mal!«, fauchte Stevie. »Du verdammter Schweinepriester hast wohl einen Narren an den Itakern gefressen!«

Einen Moment lang herrschte völlige Stille. Dann fingen alle außer Stevie gleichzeitig an zu lachen. Sonny schlug mit der flachen Hand auf das Lenkrad und brüllte: »Du verdammter Schweinepriester, du! Komm her!« Er packte Cork an der Schulter und schüttelte ihn.

Vinnie Romero versetzte Cork einen Schlag auf die Schulter. »Du verdammter Itaker!«

»Lacht ihr nur«, sagte Stevie und drückte sich an die Tür.

Die anderen folgten seiner Aufforderung, und der Wagen wurde von lautem Gelächter geschüttelt, während er die Straße entlangfuhr. Nur Stevie schwieg. Und auch Nico, der plötzlich an Gloria Sullivan und ihre Eltern denken musste, war das Lachen vergangen.

Vito blätterte in einem Stapel Blaupausen für das Anwesen auf Long Island. Während er sich die Grundrisse anschaute, lockerte er seine Krawatte – vor seinem geistigen Auge sah er bereits die

Möbel, die in jedem Zimmer seines Hauses stehen würden. Im Garten hinter dem Haus wollte er Blumenbeete anlegen lassen und daneben einen Gemüsegarten. In Hell's Kitchen, im Hinterhof des alten Mietshauses, hatte er, als er gerade in das Geschäft mit dem Olivenöl eingestiegen war, auf einem Stück Erde von der Größe einer Briefmarke einen Feigenbaum großgezogen, der einige Jahre schön gediehen war, bevor ihn starker Frost umgebracht hatte. Seine Freunde hatten sich jahrelang gefreut, wenn er ihnen frisch gepflückte Feigen mitgebracht hatte, und sie waren erstaunt gewesen, wenn er ihnen erzählte, dass sie hier in der Stadt wuchsen, in seinem Hinterhof. Oft kam der eine oder andere mit zu ihm nach Hause, und dann zeigte er ihnen den Feigenbaum, dessen braune Äste und grüne Blätter dicht an der roten Backsteinmauer sprossen, die den Hinterhof umschloss. Die Wurzeln gruben sich tief in den Boden, reckten sich den Winter über dem Keller und der Wärme der Heizung entgegen. Er hatte im Hinterhof einen kleinen Tisch mit ein paar Klappstühlen aufgestellt, und Carmella brachte hin und wieder eine Flasche Grappa und etwas Brot und Olivenöl hinunter und vielleicht etwas Käse und Tomaten – was eben da war – und richtete ihren Gästen eine Kleinigkeit zu essen. Sie setzte sich oft zu ihnen, manchmal zusammen mit den Kindern, und während diese im Hof spielten, hörte sie ihm aufmerksam zu, wenn er seinen Nachbarn einmal mehr erklärte, wie er den Baum jeden September nach der Ernte mit Jute umwickelte und mit einer Plane abdeckte, damit er den nahenden Winter überstand.

Sogar im Herbst und Winter schaute er nach der Arbeit oft zuerst im Hinterhof vorbei, um nach dem Feigenbaum zu sehen. Dort war es ruhig, und obwohl der Hinterhof allen Mietern zugänglich war, hatten die Nachbarn ihn seiner Familie überlassen, ohne dass er sie darum gebeten hätte. Nicht ein einziges Mal in all den Jahren, die er in Hell's Kitchen gewohnt hatte – mit dem Klappern der Güterzüge, dem Lärm der Automotoren, den Lumpensammlern und Eisverkäufern, den Hausierern und Messerschleifern, die zu den Fenstern hinaufbrüllten –, nicht ein einziges Mal in all den Jahren, die er in jenem lauten Teil der Welt gelebt hatte, hatte jemand anderer an seinem Tisch neben dem Feigenbaum gesessen. Im August, wenn die ersten Früchte vollwangig unter grünen Blättern hingen, stellte er morgens immer eine Holzschale voll saftiger Feigen auf den ersten Treppenabsatz, und wenn sie am späten Vormittag leer war, nahm Carmella die Schale mit in ihre Küche hinauf. Die erste Feige des Jahres behielt er jedoch für sich. Mit einem Küchenmesser schnitt er dann durch die mahagonifarbene Haut in das hellrosarote Fleisch. In Sizilien wurde diese Feigenart »Tarantella« genannt. Hinter seinem Elternhaus hatte sich ein Obstgarten mit Feigenbäumen befunden, ein ganzer Wald, und wenn die ersten Früchte reif gewesen waren, hatten er und sein älterer Bruder Paolo die Feigen wie Süßigkeiten in sich hineingestopft.

Vito erinnerte sich gerne an seine Kindheit. Er konnte die Augen schließen, und dann sah er sich als kleinen Jungen, wie er frühmorgens, kurz nach Tagesanbruch, seinem Vater hinterherlief, wenn dieser auf die Jagd ging, den Kolben und den Lauf seiner Lupara über der Schulter. Wie oft hatten sie an dem aus grobem Holz gefertigten Tisch gegessen, sein Vater stets am Kopf der Tafel, seine Mutter am anderen Ende, er und Paolo einander gegenüber. Hinter Paolo war eine Tür mit einer Glasscheibe und wiederum dahinter der Garten und die Feigenbäume. Er musste sich anstrengen, um sich die Gesichtszüge seiner Eltern ins Gedächtnis zu rufen, nicht einmal an Paolo konnte er sich in aller Deutlichkeit erinnern, obwohl er ihm damals wie ein Hundewelpe auf den Fersen geblieben war. Ihr Bild war im Laufe der Jahre verblasst, und auch wenn er sich sicher war, dass er sie sofort erkennen würde, kämen sie von den Toten zurück und stünden vor ihm, waren seine Erinnerungen an sie doch verschwommen. Aber hören konnte er sie. Er hörte seine Mutter, wie sie ihn immer wieder gedrängt hatte, er möge sprechen – *parlare, Vito!* Sie hatte sich Sorgen gemacht, weil er so schweigsam gewesen war, und den Kopf geschüttelt, wenn er zur Erklärung nur mit den Schultern gezuckt und *Io non so perché* gesagt hatte. Er hörte die

Stimme seines Vaters, wie er ihm abends oft Geschichten erzählt hatte, vor dem Feuer. Er hörte, wie Paolo über ihn lachte, als er einmal beim Abendessen eingeschlafen war. Er wusste noch sehr genau, wie er die Augen aufgemacht hatte, den Kopf auf dem Tisch neben dem Teller, von Paolos Lachen geweckt. Er hatte viele solche Erinnerungen. Oft saß er, wenn ihn seine Arbeit wieder gezwungen hatte, eine hässliche Gewalttat zu begehen, in seinem winzigen Hinterhof, im kalten New York in Amerika, und dachte an seine Familie in Sizilien zurück.

Allerdings gab es auch Erinnerungen, die er am liebsten aus seinem Gedächtnis verbannt hätte. Am schlimmsten war das Bild von seiner Mutter, wie sie mit ausgebreiteten Armen nach hinten geschleudert wurde, während der Widerhall ihrer letzten Worte noch immer in der Luft hing: *Lauf, Vito, lauf!* Auch die Beerdigung seines Vaters würde er nie vergessen. Er war an der Seite seiner Mutter gegangen, ihren Arm um seine Schulter, und dann waren plötzlich Schüsse gefallen, und die Träger hatten den Sarg seines Vaters fallen lassen und waren auseinandergelaufen. Ihm stand noch in aller Deutlichkeit vor Augen, wie seine Mutter über Paolos Leiche kniete – Paolo, der der Leichenprozession in einigem Abstand oben auf den Hügeln gefolgt war –, und dann verschmolzen die Bilder miteinander: In einem Moment kniete seine Mutter noch weinend über Paolo, im nächsten schritt er den Kiesweg zu Don Ciccios Villa hinauf. Der Weg war links und rechts von wunderschönen bunten Blumen gesäumt. Seine Mutter sah nichts von alledem, sondern hielt seine Hand umklammert und zog ihn weiter. Don Ciccio saß an einem Tisch, auf dem eine Schale mit Orangen und eine Glaskaraffe mit Wein standen. Der Tisch war klein, rund und aus Holz, mit vier dicken Beinen. Der Don war ein stämmiger Mann mit einem Schnurrbart und einem Leberfleck auf der rechten Wange. Er trug eine Weste über einem weißen, langärmeligen Hemd, das im hellen Schein der Sonne leuchtete. Die Streifen auf der Weste verliefen schräg nach innen und bildeten ein V. Eine goldene Uhrkette hing zwischen den Westentaschen und bildete über seinem Bauch einen Halbkreis.

Hinter ihm befanden sich zwei große Steinsäulen und ein kunstvoll verzierter schmiedeeiserner Zaun, und dort stand auch einer von mehreren Leibwächtern mit einem Gewehr über der Schulter. An all das erinnerte er sich mit großer Deutlichkeit – wie seine Mutter um das Leben ihres einzigen verbliebenen Sohnes bettelte, wie der Don sie abwies, wie seine Mutter sich blitzschnell hinkniete und ein Messer unter dem schwarzen Kleid hervorzog, wie sie es Don Ciccio an den Hals hielt, und an ihre letzten Worte: *Lauf, Vito, lauf!* Und an den Schuss, der sie mit ausgebreiteten Armen nach hinten geschleudert hatte.

Diese Erinnerungen hätte er am liebsten aus seinem Gedächtnis verbannt. Hin und wieder träumte er davon, nach Sizilien zurückzukehren und Don Ciccio wie ein Schwein abzustechen. Ciccio war noch immer am Leben und residierte in seiner Villa in der Nähe des Dorfes Corleone. Er war noch immer der Don. Vor vierzehn Jahren, als Vito sich für sein derzeitiges Leben entschieden hatte, indem er Don Fanucci, ein anderes fettes Schwein, ermordet hatte, das der Meinung gewesen, es könnte sein kleines Stück New York wie ein Dorf in Sizilien regieren, hatten Vitos Freunde ihn für furchtlos gehalten, für einen Mann, der seinen Feinden gegenüber keine Gnade kannte. Er ließ sie in dem Glauben, damals wie heute. In gewisser Hinsicht entsprach es auch der Wahrheit. Allerdings hatte er Fanucci von dem Augenblick an töten wollen, als er ihm das erste Mal begegnet war, und die Entschlusskraft dazu hatte er gefunden, als er begriff, wie er von Fanuccis Tod profitieren konnte. Er hatte nie auch nur die geringste Angst empfunden. Er hatte Fanucci in einem dunklen Korridor vor seiner Wohnung aufgelauert. Die Musik und der Lärm des Feuerwerks zur Feier des heiligen Januarius wurden durch die Backsteinmauer des Mietshauses gedämpft. Er hatte ein weißes Handtuch um den Lauf seiner Pistole gewickelt, und das Handtuch ging in Flammen auf, kaum hatte er den ersten Schuss abgefeuert, Fanucci direkt ins Herz. Fanucci riss seine Weste auf, als wollte er nach der anstößigen Kugel suchen, und Vito schoss erneut auf ihn, dieses Mal mitten ins Gesicht. Die

Kugel hinterließ lediglich ein kleines rotes Loch in der Wange des dicken Mannes. Als er schließlich zu Boden ging, wickelte Vito das brennende Handtuch von der Pistole, steckte Fanucci den Lauf in den Mund und feuerte ihm einen letzten Schuss ins Gehirn. Angesichts von Fanuccis in sich zusammengesackter Gestalt empfand er nichts außer Dankbarkeit. Sein Verstand mochte nicht begreifen, warum er das Gefühl hatte, die Morde an seiner Familie gerächt zu haben, aber sein Herz begriff das nur zu gut.

So fing alles an. Jetzt befand sich Vito im Arbeitszimmer seiner weiträumigen Wohnung, selbst ein Don, und begutachtete Blaupausen eines Anwesens, das er bauen wollte. Unten stritten Fredo und Michael sich wieder einmal. Vito zog sein Jackett aus und hängte es über die Lehne seines Schreibtischstuhls. Als das Geschrei für einen Moment verstummte, konzentrierte Vito sich wieder auf die Grundrisse. Dann schrie Carmella ihre Söhne an, und die beiden verteidigten sich lauthals. Vito schob die Blaupausen beiseite und machte sich auf den Weg in die Küche. Bevor er die Treppe halb hinuntergestiegen war, hörte das Geschrei auf. Bis er die Küche erreichte, saßen Michael und Fredo still am Tisch. Michael las in einem Schulbuch, und Fredo tat nichts, sondern saß nur mit gefalteten Händen da. Während Carmella besorgt zuschaute, packte Vito beide Jungen an den Ohren und zog sie mit sich ins Wohnzimmer. Fredo hatte angefangen »Papa! Papa!« zu schreien, sobald Vito ihn nur berührte, während Michael wie gewöhnlich schwieg.

»Papa!«, sagte Fredo. »Michael hat mir einen Nickel aus der Jackentasche geklaut!« Er hatte bereits Tränen in den Augen, obwohl er ein Jahr älter war als sein Bruder und fast fünf Zentimeter größer.

Vito sah Michael durchdringend an. Sein jüngster Sohn erinnerte ihn daran, wie er selbst als Junge gewesen war. Allem Anschein nach spielte er am liebsten alleine, und er sprach nur wenig.

Michael erwiderte den Blick seines Vaters und schüttelte den Kopf.

Vito gab Fredo eine Ohrfeige und umfasste sein Kinn.

»Aber er war doch in meiner Tasche!«, schrie Fredo wutentbrannt. »Und jetzt ist er weg!«

»Und deshalb beschuldigst du deinen Bruder, ein Dieb zu sein?«

»Aber der Nickel ist doch weg, oder nicht, Papa?«

Vito umfasste Fredos Kinn noch etwas fester. »Ich frage dich noch einmal. Beschuldigst du deinen Bruder, ein Dieb zu sein?« Als Fredo nur den Blick abwandte, ließ Vito ihn los und sagte: »Entschuldige dich bei Michael.«

»Tut mir leid«, sagte Fredo halbherzig.

Hinter ihnen ging die Wohnungstür auf, und Sonny trat in die Diele. Er trug einen Overall, und seine Stirn und sein Kinn waren ölverschmiert. Carmella, die von der Küche aus zugeschaut hatte, sah Vito an, und er nickte.

Vito befahl den Jungen, auf ihr Zimmer zu gehen und erst wieder zum Abendessen herunterzukommen – für Fredo eine Strafe, während Michael sowieso in seinem Zimmer geblieben wäre und gelesen hätte. Als Sonny das Wohnzimmer betrat, sagte Vito: »Bist du wieder den ganzen weiten Weg von der Bronx gekommen, um ein Bad zu nehmen?«

»Ich hab auch nichts dagegen, mal wieder was Ordentliches zwischen die Zähne zu bekommen, wenn ich schon mal da bin«, erwiderte Sonny. »Außerdem muss ich das Bad bei mir mit den anderen teilen, Pa.«

Carmella kam herein und öffnete ihre Schürze. »Schau dich nur an. Du bist ja ganz voller Öl!«

»Das bleibt nicht aus, wenn man in einer Werkstatt arbeitet, Ma.« Sonny beugte sich zu ihr hinab und schloss sie in die Arme. »Ich geh mich waschen«, sagte er und schaute zu Vito hinüber.

»Bleibst du zum Abendessen?«, fragte Carmella.

»Gerne, Ma. Was gibt es denn?«, fragte er von der Treppe.

»Kalbfleisch alla parmigiana.«

»Brauchst du noch eine Speisekarte?«, spottete Vito. »Falls dir das Essen nicht schmeckt?«

»Mir schmeckt alles, was Mama kocht«, entgegnete Sonny.

»Hab ich recht, Ma?« Ohne eine Antwort abzuwarten, eilte er die Treppe hinauf.

Nachdem Sonny verschwunden war, wechselten Carmella und Vito einen vielsagenden Blick.

»Ich rede mit ihm«, sagte Vito leise und erhob sich aus seinem Sessel. Er warf einen Blick auf die Uhr in seiner Westentasche und sah, dass es kurz vor sechs war. Auf dem Weg zur Treppe schaltete er das Radio an und drehte am Empfang, bis er einen Nachrichtensender gefunden hatte. Er hörte einen Moment lang zu und suchte dann weiter, fand jedoch keine italienische Oper. Die Nachrichten hatten sich um das Wahlbündnis, um Reformer und den neuen Kandidaten für das Bürgermeisteramt gedreht, einen neapolitanischen *pezzonovante*. Als Vito die *Campbell's Soup Show* fand, hörte er kurz Amos und Andy zu. Lange genug jedenfalls, um mitzubekommen, dass der »Kingfish« Andy mal wieder irgendwelchen Ärger beschert hatte, dann schaltete er den Apparat aus und ging hinauf zu Sonnys Zimmer. Er klopfte einmal, und Sonny öffnete die Tür einen Spalt, spähte hindurch und machte sie dann ganz auf. »Pa!«, sagte er, offensichtlich überrascht darüber, dass sein Vater an seiner Tür klopfte. Sein Oberkörper war nackt, und er hatte sich ein Handtuch über die Schulter geworfen.

»Na, was ist?«, sagte Vito. »Kann ich reinkommen?«

»Klar«, erwiderte Sonny und trat beiseite. »Was hab ich ausgefressen?«

Sonnys Raum war klein und spartanisch eingerichtet: An einer Wand stand ein Bett mit einem goldenen Plastikkreuz über dem hölzernen Kopfbrett, auf einer Kommode stand eine leere Kristallschale, und vor den beiden Fenstern hingen dünne weiße Musselinvorhänge. Vito setzte sich aufs Bett und bedeutete Sonny, die Tür zu schließen. »Zieh dir ein Hemd an. Ich möchte kurz mit dir reden.«

»Worüber denn, Pa?« Sonny griff nach seinem zerknitterten Hemd, das auf der Kommode lag, und schlüpfte hinein. »Ist irgendwas passiert?«

Vito klopfte neben sich auf das Bett. »Setz dich hierher. Deine Mutter macht sich Sorgen um dich.«

»Wegen des Geldes«, entgegnete Sonny, als würde ihm jetzt erst klar, was los war.

»Das ist richtig. Sie macht sich Sorgen wegen des Geldes. Fehlen dir nicht fünfzig Dollar? Du vergisst fünfzig Dollar in einer Hosentasche, und du fragst sie nicht einmal danach?«

»Mama hat das Geld doch Tommy gegeben, Pa.« Sonny setzte sich neben Vito auf das Bett. »Tommy hat mir alles erzählt. Wenn ich geglaubt hätte, dass mir fünfzig Dollar fehlen, hätte ich die ganze Stadt auf den Kopf gestellt. Aber ich weiß, wo das Geld ist, wo ist also das Problem?«

»Wie kommst du zu einem Fünfzigdollarschein, Sonny? Das ist mehr, als du in zwei Wochen verdienst.«

»Pa, ich hab doch fast keine Ausgaben! Die meiste Zeit esse ich hier. Meine Miete ist billig.«

Vito faltete die Hände im Schoß und wartete, den Blick weiter auf Sonnys Augen gerichtet.

»Himmel!« Sonny sprang auf und wandte Vito den Rücken zu, bevor er sich wieder umdrehte. »Okay. Ich hab am Freitagabend in Greenpoint mit ein paar Polen Poker gespielt.« Er hob ein wenig die Stimme, um sich zu rechtfertigen. »Nur so zum Spaß, Pa! Normalerweise verlier oder gewinn ich ein paar Dollars ... Dieses Mal hab ich richtig viel gewonnen.« Sonny verschränkte die Arme vor der Brust. »Ein kleines Pokerspiel am Freitagabend ...«

»Das machst du also mit dem Geld, das du verdienst? Du spielst Poker mit einem Haufen Polacken?«

»Ich pass schon auf mich auf«, sagte Sonny.

»Du passt schon auf dich auf.« Vito deutete auf das Bett, damit Sonny sich wieder setzte. »Sparst du wenigstens etwas? Hast du ein Konto eröffnet, wie ich dir gesagt habe?«

Sonny ließ sich neben Vito auf das Bett fallen und blickte zu Boden.

»Also nicht.« Vito kniff Sonny in die Wange, und Sonny wich vor ihm zurück. »Hör mir gut zu, Santino. Die Leute verdienen in der Automobilindustrie ein Vermögen. In den nächsten zwanzig, dreißig Jahren …« Vito öffnete die Handflächen, um anzudeuten, dass alles möglich war. »Wenn du hart arbeitest, kann ich dir hier und da ein wenig helfen, und wenn du erst so alt bist wie ich, hast du mehr Geld, als ich mir je erträumt habe.« Er legte Sonny die Hand aufs Knie. »Aber du musst hart arbeiten. Du musst die Branche von Grund auf kennenlernen. Dann kannst du später jemanden einstellen, der sich um mich kümmert, wenn ich nicht mehr alleine auf die Toilette komme.«

Sonny lehnte sich gegen das Kopfbrett. »Schau mal, Pa. Ich weiß nicht, ob ich dafür geeignet bin.«

»Für was?«, fragte Vito, selbst darüber erstaunt, wie verärgert er klang.

»Dafür, jeden Tag wie der letzte Idiot zu schuften. Ich arbeite acht bis zehn Stunden, was Leo fünfzig Dollar einbringt, und er zahlt mir fünfzig Cent. Das ist doch was für Dummköpfe, Pa.«

»Willst du gleich den Boss spielen? Hast du das ganze Werkzeug gekauft oder Leo? Zahlst du die Miete oder Leo? Steht auf dem Schild draußen *Leos Werkstatt* oder *Santinos Werkstatt*?« Als Sonny ihm die Antwort schuldig blieb, fügte Vito hinzu: »Schau dir Tommy an, mein Sohn. Er hat ein Konto, auf dem er ein paar hundert Dollar gespart hat. Außerdem hat er den ganzen Sommer über gearbeitet, um etwas zum Schulgeld beizusteuern. Tommy weiß, was es bedeutet, sich anzustrengen und etwas aus sich zu machen.« Vito packte Sonny am Kinn und zog ihn zu sich heran. »Wenn du was werden willst, musst du hart arbeiten! Vergiss das nie, Santino!« Als Vito vom Bett aufstand, war sein Gesicht ganz rot. Er öffnete die Zimmertür und drehte sich noch einmal zu seinem Sohn um. »Ich will nie wieder hören, dass Arbeit etwas für Idioten ist, *capisci*? Nimm dir ein Beispiel an Tom, Santino.« Er warf seinem Sohn einen letzten wütenden Blick zu und ging dann hinaus. Die Tür ließ er offen.

Sonny schloss die Tür und ließ sich aufs Bett zurückfallen. Er schlug mit der Faust über seinem Kopf in die Luft, als wäre dort Tommys Gesicht. Was würde sein Vater wohl sagen, wenn er ahnte, dass sein geliebter Tommy mit einer irischen Hure vögelt? Das hätte Sonny nur zu gerne gewusst. Hatte Tommy sich doch tatsächlich mit Luca Brasis Tusse eingelassen! Wenn das nur mal keinen Ärger gab. Sonny musste grinsen, und schon war seine Wut verflogen. Pa stellte Tommy immer als Vorbild hin – Tom tut dies, Tom tut das. Trotzdem bestand nie der geringste Zweifel daran, wem Vito Corleones Liebe und Loyalität galten. Sonny war sein ältester Sohn. Mehr musste ein Italiener nicht wissen. Sonny war sowieso nie lange wütend auf Tom. In seinem Herzen würde Tom immer der kleine Junge bleiben, der auf einem Stuhl mit nur drei Beinen gesessen hatte, auf der Straße vor dem Haus, in dem er gewohnt hatte, zwischen den ganzen Möbeln, die der Vermieter hinausgeworfen hatte. Toms Mutter war ein Jahr zuvor am Suff gestorben, und dann war vor ein paar Wochen sein Vater verschwunden. Bald darauf kamen die katholischen Wohlfahrtsorganisationen, um ihn und seine Schwester abzuholen, aber Tom hatte sich davongemacht, bevor sie ihn kriegen konnten. Wochenlang schlug er sich bei den Zügen herum, schnorrte sich etwas zu essen, schlief in den Güterwaggons und bekam von den Bahnbullen den Hintern versohlt, wenn sie ihn erwischten. Die Leute in der Gegend wussten das und beruhigten sich damit, dass sein Vater schon wieder auftauchen würde, wenn er genug gesoffen hatte, aber Tommys Vater tauchte nicht wieder auf, und eines schönen Morgens räumte der Vermieter die Wohnung aus und schmiss alle Möbel auf die Straße. Bis zum Nachmittag war alles fort, bis auf einen dreibeinigen Stuhl und irgendwelchen nutzlosen Kram. Als das alles passierte, war Sonny zwölf Jahre alt. Tom war ein Jahr älter als Sonny, aber er bestand nur aus Haut und Knochen, und wer ihn sah, hielt ihn meist für zehn. Sonny dagegen wirkte eher wie fünfzehn.

An jenem Nachmittag war Michael ihm nachgelaufen. Damals war er sieben oder acht gewesen, und sie hatten bei Nina's an der Ecke Lebensmittel eingekauft. Michael entdeckte Tom zuerst und zupfte an der Hose seines Bruders. »Sonny«, sagte er. »Schau mal.« Sonny wandte sich um und sah einen Jungen mit einem Sack über dem Kopf, der auf einem dreibeinigen Stuhl saß. Johnny Fontane und Nino Valenti, zwei ältere Jungs aus der Gegend, hockten ein paar Häuser weiter auf einer Treppe und rauchten Zigaretten. Sonny überquerte die Straße, und Michael zupfte ihn am Hemd. »Wer ist das?«, fragte er. »Warum hat er einen Sack über dem Kopf?« Sonny wusste, dass das Tom Hagen war, sagte aber nichts. Er blieb vor Johnny und Nino stehen und fragte, was los war.

»Das ist Tom Hagen«, sagte Johnny. Johnny war ein schlanker, gut aussehender Bursche mit einem dichten Schopf dunkler Haare, die er sich in die Stirn gekämmt hatte. »Er glaubt, dass er blind wird.«

»Blind?«, fragte Sonny. »Warum das?«

»Seine Mutter ist gestorben«, erwiderte Nino, »und sein Vater ...«

»Das weiß ich alles«, fiel ihm Sonny ins Wort. Zu Johnny sagte er: »Warum meint er, dass er blind wird?«

»Woher soll ich das wissen, Sonny? Frag ihn doch.« Dann fügte er hinzu: »Seine Mutter ist blind geworden, bevor sie gestorben ist. Vielleicht denkt er, er hat sich angesteckt.«

Nino lachte, und Sonny sagte: »Du hältst das wohl für witzig, was, Nino?«

»Kümmer dich nicht um Nino«, meinte Johnny. »Der spinnt manchmal.«

Sonny trat einen Schritt auf Nino zu, und Nino hob die Hände. »Hey, Kumpel. Ich hab das nicht böse gemeint.«

Michael zupfte Sonny erneut am Hemd. »Komm schon, Sonny. Lass uns nach Hause gehen.«

Sonny ließ seinen Blick noch einen Moment auf Nino ruhen, dann ging er davon, mit Michael auf seinen Fersen. Vor Tom blieb er stehen und sagte: »Was machst du denn da, du Blödmann? Warum hast du dir einen Sack über den Kopf gezogen?« Als Tom nicht antwortete, hob er den Sack ein Stück hoch und sah, dass Tom sich einen schmutzigen Verband um die Augen gewickelt hatte. Dort, wo er sein linkes Auge bedeckte, hatte sich eine Kruste aus Eiter und getrocknetem Blut gebildet. »Was zum Teufel ist los, Tom?«

»Ich werde blind, Sonny!«, sagte Tom.

Damals kannten sie sich noch so gut wie gar nicht. Sie hatten sich ein- oder zweimal unterhalten, nichts weiter – trotzdem entging Sonny der flehentliche Tonfall von Toms Stimme nicht, als wären sie schon ihr ganzes Leben lang dicke Freunde gewesen und Tom würde ihn nun um Hilfe bitten. So, wie Tom *Ich werde blind, Sonny!* sagte, klang es, als hätte er bereits jegliche Hoffnung aufgegeben.

»*V'fancul'!*«, murmelte Sonny. Er drehte sich auf dem Gehsteig einmal im Kreis, als wollte er Zeit gewinnen, um nachzudenken. Dann reichte er Michael die Lebensmittel, schloss die Arme um Tommy, hob ihn samt Stuhl in die Höhe und trug ihn die Straße entlang.

»Was machst du da, Sonny?«, wollte Tom wissen.

»Ich bring dich zu meinem Vater«, erwiderte Sonny.

Und das tat er auch. Während Michael ihnen mit weit aufgerissenen Augen folgte, trug er Tom in das Haus, wo sein Vater und Clemenza sich gerade im Wohnzimmer miteinander unterhielten. Er ließ den Stuhl vor seinem Vater auf den Boden krachen. Vito, der dafür berühmt war, dass er nie die Fassung verlor, sah aus, als würde er in Ohnmacht fallen.

Clemenza zog Tom den Sack vom Kopf und wich, als er den Eiter und das Blut sah, einen Schritt zurück. »Wer ist das?«, fragte er Sonny.

»Tom Hagen.«

Carmella kam ins Zimmer und legte Tom sanft die Hand auf die Stirn. Sie neigte seinen Kopf leicht nach hinten, um sein Auge besser zu sehen. »*Infezione*«, sagte sie zu Vito.

Vito flüsterte ihr zu: »Hol Doktor Molinari.« Er klang, als wäre sein Rachen ausgetrocknet.

»Was machst du da, Vito?«, fragte Clemenza.

Vito hob die Hand und bedeutete ihm zu schweigen. Zu Sonny sagte er: »Wir kümmern uns um ihn. Ist das ein Freund von dir?«

Sonny dachte ganz kurz nach und erwiderte: »Ja, Papa. Er ist wie ein Bruder für mich.«

Damals wie heute wusste er nicht, warum er das gesagt hatte.

Vitos Blick ruhte eine halbe Ewigkeit auf Sonny, als versuchte er, in das Herz seines Sohnes zu blicken. Dann legte er Tom einen Arm um die Schulter und führte ihn in die Küche. In jener Nacht und während der nächsten fünf Jahre, bis er aufs College ging, teilte sich Tom ein Zimmer mit Sonny. Sein Auge heilte. Er nahm zu. Während der ganzen Schulzeit gab er Sonny Nachhilfe, versuchte ihm möglichst viel beizubringen, und wenn das nichts half, ließ er ihn eben abschreiben.

Tom tat sein Bestes, um Vito zufriedenzustellen – aber nichts, was er tat, würde ihn jemals zu Vitos Sohn machen. Und nichts, was er tat, würde jemals seinen richtigen Vater zurückbringen. Deshalb konnte Sonny auch nicht allzu wütend auf ihn werden. Er würde nie vergessen, wie er da mit dem Sack über dem Kopf auf dem dreibeinigen Stuhl gesessen hatte und *Ich werde blind, Sonny!* gesagt hatte.

Aus der Küche drang Carmellas Stimme zu ihm herauf. »Santino! Das Essen ist fast fertig! Wie kommt es, dass ich noch kein Badewasser einlaufen höre?«

»Ich bin in zehn Minuten unten!«, rief Sonny zurück. Er sprang vom Bett auf und öffnete die Knöpfe seines Hemdes. Dann holte er einen Bademantel aus dem Schrank und schlüpfte hinein. Er musste sich recken, um an eines der oberen Fächer zu gelangen, wo er eine Hutschachtel versteckt hatte. Er öffnete sie, nahm den neuen, weichen, blauen Fedora heraus und setzte ihn auf. Vor der Kommode kippte er den Spiegel leicht nach hinten und musterte sich eingehend. Nachdem er sich die Krempe in die Stirn gezogen und ihn etwas nach rechts gerückt hatte, lächelte er breit. Schließlich warf er den Hut in die Schachtel zurück und verstaute sie wieder im Schrank.

»Santino!«, rief Carmella erneut.

»Schon unterwegs, Ma!«, erwiderte Sonny und eilte zur Tür hinaus.

Kurz nach Mitternacht war das Juke's randvoll mit gelackten Typen in Smoking und Zylinder sowie schicken Frauen in Seide und Pelzen. Auf der Bühne hatte der Posaunist sein Instrument deckenwärts gerichtet, während er mit einer Hand den Zug und mit der anderen den Dämpfer tanzen ließ. Zusammen mit dem Rest der Band gab er eine jazzige Version von »She Done Him Wrong« zum Besten. Der Schlagzeuger hatte sich auf seinem Thron so weit vorgebeugt, dass es aussah, als berührte sein Gesicht die Snare; er ließ die Stöcke wirbeln und war völlig in seiner Klangwelt versunken. Auf der Tanzfläche drängten sich die Paare aneinander, lachten und schwitzten, und hier und dort blitzte ein Flachmann auf. Kellner mit vollen Tabletts eilten durch den weitläufigen Raum und brachten Essen und Getränke zu den zahlreichen Tischen und den elegant gekleideten, gutbetuchten Gästen.

Sonny und Cork tranken schon seit Stunden, und Vinnie, Angelo und Nico standen ihnen in nichts nach. Stevie war nicht aufgetaucht, obwohl sie sich im Juke's verabredet hatten, um zu feiern. Vinnie und Angelo trugen beide einen Smoking. Anfangs hatte Angelo die Haare noch ordentlich nach hinten gekämmt, aber je länger die Nacht andauerte und je mehr sie tranken, umso mehr Strähnen fielen ihm in die Stirn. Nico und Sonny trugen zweireihige Anzüge mit breiten Revers und Satinkrawatten – Nicos Krawatte war hellgrün und Sonnys blau, passend zu seinem Fedora. Die meisten Frauen im Juke's waren Mitte zwanzig oder älter, aber das hinderte die Jungs nicht daran, mit ihnen zu tanzen, und inzwischen waren sie alle verschwitzt und nicht wenig angetrunken. Sie hatten die Kragen geöffnet und die Krawatten gelockert, und sie lachten laut über die Witze, die sie einander erzählten. Cork, der in seinem Tweedanzug mit einer Weste und einer Fliege am unauffälligsten angezogen war, hatte dafür am meisten getrunken. »Himmel«, sagte er, als würden das nicht alle bemerken, »ich hab einen im Tee, Gentlemen!« Er legte den Kopf auf den Tisch.

»Einen im Tee«, wiederholte Sonny, dem das gefiel. »Vielleicht täte dir eine Tasse Kaffee gut!«

Cork setzte sich ruckartig auf. »Kaffee?« Er zog einen Flachmann aus der Tasche. »Wo ich noch erstklassigen kanadischen Malt-Whisky hab?«

»Hey, du irischer Tagedieb«, sagte Nico. »Wie viele Flaschen hast du für dich beiseitegeschafft?«

»Ach, halt doch die Klappe«, erwiderte Cork, »du verdammter Schweinepriester!«

Seit dem Überfall war Stevies Ausspruch immer wieder zitiert worden, und auch jetzt wurde er mit allgemeinem Gelächter belohnt. Vinnie Romero verstummte jedoch unvermittelt, als er sah, wie Luca Brasi den Club betrat. »Hey, Jungs«, sagte er zu den anderen, »schaut mal dort drüben.«

Luca trug einen Frack und Hosen mit Nadelstreifen, und er war in Begleitung von Kelly O'Rourke gekommen. Am Aufschlag seiner Jacke prangte eine weiße Ansteckblume. Kelly schmiegte sich in einem enganliegenden, auf einer Seite schulterfreien Abendkleid an ihn. Eine herzförmige Diamantnadel hielt den gebauschten Stoff des Kleides über ihrer Hüfte zusammen, so dass es wie eine Schärpe wirkte. Sie folgten dem Oberkellner zu einem Tisch in der Nähe der Bühne. Als Luca Cork und die Jungs bemerkte, nickte er ihnen kurz zu, sagte etwas zu dem Oberkellner und führte Kelly dann zu ihrem Tisch hinüber. »Sieh mal einer an«, sagte er, »wenn das nicht die Turnschuhbande ist.«

Die Jungs standen alle auf, und Luca schüttelte Cork die Hand. »Und wer ist diese Verbrechervisage?«, fragte er und wies mit einer Kopfbewegung auf Sonny.

»Der da?«, sagte Cork und versetzte Sonny einen Schubs. »Ach, der hängt nur hier rum und schnorrt Drinks von uns.«

»Hey!« Sonny kratzte sich am Kopf und versuchte, betrunkener zu wirken, als er war. »Was heißt denn ›Turnschuhbande‹?«

»Vergiss es«, erwiderte Cork. »Nicht der Rede wert.« An Luca gewandt sagte er: »Wer ist die schnieke Puppe?«

»Was interessiert dich das?«, sagte Luca und tat so, als versetzte er Cork einen Kinnhaken.

Kelly stellte sich vor und sagte: »Ich bin Lucas Mädchen.«

»Glückspilz«, sagte Cork zu Luca.

Kelly legte die Arme um Luca und schmiegte sich an ihn, den Blick auf Sonny gerichtet. »Hey. Bist du nicht mit diesem Collegejüngelchen befreundet, Tommy Irgendwas?«

»Was für ein Collegejüngelchen?«, fragte Luca, ohne Sonny die Gelegenheit zu einer Antwort zu geben.

»Na, so ein Jüngelchen eben«, erwiderte Kelly. »Was denn, Luca? Du wirst doch nicht etwa eifersüchtig sein? Du weißt, dass ich dein Mädchen bin.« Sie legte den Kopf an seine Schulter.

»Ich bin auf niemand eifersüchtig, Kelly.« Sein ganzer Körper hatte sich versteift, und er stand plötzlich so reglos da wie ein Felsblock. »Da kennst du mich besser.«

»Klar kenn ich dich besser.« Kelly schmiegte sich noch enger an ihn. »Na«, sagte sie an Sonny gewandt, »kennst du ihn jetzt oder nicht?«

»Tommy Irgendwas?« Sonny ließ eine Hand in seiner Jackentasche verschwinden, und ihm entging nicht, dass Luca seiner Bewegung mit den Augen folgte. »Ja, ich kenn einen Collegestudenten namens Tommy.«

»Dann richte ihm doch aus, dass er sich mal melden soll«, sagte Kelly.

»Ach ja?«, sagte Luca, und mit einem Blick in die Runde: »Weiber!« Als bestünde zwischen ihnen ein geheimes Einverständnis über Frauen. »Gehen wir, Puppe«, knurrte er schließlich, legte Kelly den Arm um die Taille und zog sie fort vom Tisch.

Kaum waren sie außer Hörweite, sagte Nico zu Sonny: »Verdammt, was sollte das denn?«

»Yeah, Sonny«, wollte auch Cork wissen, »woher kennt die Tom?«

Sonny ließ den Blick durch den Club schweifen und sah, dass Luca zu ihm herüberschaute. »Lasst uns verdammt noch mal von hier verschwinden.«

»Himmel Herrgott«, sagte Cork und schaute zum Ausgang hinüber. »Du zuerst. Denk daran: Wir kennen dich gar nicht.«

»Wir behalten Luca im Auge«, sagte Angelo.

Sonny stand auf, ein breites Lächeln auf den Lippen. »Jetzt lacht schon, ihr Verbrechervisagen!«

Die Jungs taten ihm den Gefallen, und Cork schüttelte Sonny die Hand, als würde er sich von einem Bekannten verabschieden. Sonny sagte: »Ich warte im Wagen auf dich.«

Sonny bahnte sich langsam einen Weg zur Garderobe. Hin und wieder blieb er stehen, ließ sich absichtlich Zeit. Er wollte nicht, dass Luca den Eindruck hatte, er laufe davon. Eine Zigarettenverkäuferin in Netzstrümpfen und mit einer Pillbox auf dem Kopf kreuzte seinen Weg, und er bat sie um eine Schachtel Camels. »Sie sollten es mal mit meinen Luckys probieren«, sagte sie und zwinkerte ihm zu. »Die schmecken besser und sind auch noch gesund.«

»Klingt großartig«, erwiderte Sonny und ließ sich auf das Spiel ein. »Dann gib mir eine Schachtel, Puppe.«

»Bedienen Sie sich«, sagte sie, reckte ihre Brüste vor und hielt ihm das Tablett hin. »Sie sind so rund, so fest, so wohlgeformt.«

Sonny warf einen Vierteldollar auf das Tablett. »Stimmt so.«

Sie schenkte ihm ein Lächeln und schlenderte davon. Sonny blickte ihr einen Moment nach. Vor der Bühne beugte sich Luca, in ein ernstes Gespräch mit Kelly vertieft, über den Tisch. Er sah nicht glücklich aus. »Tom«, flüsterte Sonny vor sich hin, »ich bring dich um.« Er holte Hut und Mantel und ging auf die Straße hinaus.

Der Eingang des Juke's befand sich an der 126. West, in der Nähe der Lenox Avenue. Sonny blieb vor einer Werbetafel stehen, wickelte seine Luckys aus und zündete sich eine an. Auf der Tafel wurde für Cab Calloway und sein Orchester geworben, die »Minnie the Moocher« spielten. Sonny brummte »Hi di hi di hi« und schlug den Kragen seines Jacketts hoch. Es war noch immer Herbst, aber der Wind war bereits winterlich kalt. Hinter ihm öffnete sich die Tür des Clubs, und für einen Moment drang Musik auf die Straße hinaus. Ein grauhaariger Mann, der einen schwarzen Überzieher mit einem Pelzkragen trug, trat heraus und zündete sich eine Zigarre an. »Alles klar?«, sagte er zu Sonny, und Sonny nickte, erwiderte jedoch nichts. Kurz darauf kam ein hagerer junger Kerl in einem Wollpullover aus dem Club. Er warf dem Typen im schwarzen Überzieher einen raschen Blick zu, und die beiden gingen zusammen davon.

Sonny folgte ihnen, bis er bei seinem Wagen war. Dann setzte er sich hinters Steuer, kurbelte das Fenster herunter und streckte sich, so gut es eben ging. Sein Kopf drehte sich ein wenig, aber als Kelly ihn nach Tom gefragt hatte, war er sofort wieder nüchtern gewesen. Vor seinem geistigen Auge sah er Kelly, wie sie den Vorhang aufzog und auf die Straße hinunterblickte. Sie hatte nur ganz kurz dort gestanden, bis Tom hinter ihr aufgetaucht war und den Vorhang zugezogen hatte, aber das hatte genügt – Sonny hatte ihren traumhaft schönen Körper gesehen, so weiß und rosafarben. Und die roten Haare! Sie hatte ein rundliches Gesicht mit roten Lippen und leicht schrägen Augenbrauen, und selbst auf die Entfernung, über die breite Eleventh Avenue hinweg und durch die Fensterscheibe, hatte er an ihr etwas zu erkennen geglaubt, das Wut ausstrahlte.

Sonny fragte sich, wie gefährlich diese Kelly O'Rourke wirklich war. Tom hatte behauptet, sie hätte ihn angesprochen, und das klang glaubhaft. Tom mochte klug sein, aber er war kein Frauentyp. Sie spricht ihn also an und nimmt ihn mit zu sich nach Hause. Dort schieben sie eine Nummer, und *dann* erzählt sie ihm, dass sie Lucas Mädchen ist und ein Kind von ihm erwartet. Sie droht damit, Luca etwas zu erzählen, aber ganz offensichtlich hat sie das nicht getan, denn Luca hat von nichts eine Ahnung, als sie am Tisch Toms Namen erwähnt. Sonny schob sich den Hut in den Nacken und kratzte sich am Kopf. Verdammt, was hatte sie nur vor? Wahrscheinlich wollte sie Luca eifersüchtig machen. Aber warum Tom? Und woher wusste sie, dass Sonny Tom kannte? Wirklich merkwürdig. Frauen waren auch so schon schwer genug zu verstehen, aber das Mädchen schoss den Vogel ab. Wenn Pa davon Wind bekam – *Madon'!* Dann wollte er nicht in Tommys Haut stecken. Andererseits, wenn Pa davon Wind bekam, was Sonny machte, wollte er auch nicht in seiner

Haut stecken. Pa hatte einiges vor mit seinen Kindern. Tom sollte Rechtsanwalt werden und in die Politik gehen. Sonny sollte sich als Industrieller einen Namen machen. Michael und Fredo und Connie waren noch nicht so alt, dass ihre Zukunft festgelegt worden wäre, aber das würde noch kommen. Alle mussten das werden, was Pa von ihnen erwartete. Nur dass sich Sonny nicht mehr lange für Leo abplagen würde, so oder so. Er musste einen Weg finden, wie er mit seinem Vater reden konnte. Sonny wusste, was er tun wollte und worin er gut war. Es war noch kein ganzes Jahr her, dass er seine Gang gegründet hatte, und jetzt hatte er bereits einen Wagen, schicke Klamotten und einige Riesen unter der Matratze.

»Hey!« Cork klopfte auf der Beifahrerseite gegen das Fenster und sprang neben Sonny auf den Vordersitz.

»*Minchia!*« Sonny rückte seinen Hut gerade, der ihm fast vom Kopf gerutscht wäre, als er vor Schreck zusammengefahren war.

Die hinteren Türen gingen auf, und die Romero-Brüder und Nico stiegen ein. »Was war das denn?«, fragte Nico.

Sonny drehte sich um, so dass er die Rückbank im Blick hatte. »Das werdet ihr nicht glauben«, sagte er und erzählte ihnen die ganze Geschichte mit Kelly, Tom und Luca.

»*Fannabala!*«, sagte Vinnie. »Tommy hat dieses Prachtweib gevögelt!«

»Wenn Luca das herausfindet …«, sagte Cork.

»Dann kann ihn nicht mal dein Vater retten«, ergänzte Nico.

»Was will sie damit nur erreichen?«, fragte Sonny an Cork gewandt. »Wenn sie das Luca erzählt, geht der ihr doch wahrscheinlich genauso an die Gurgel.«

»*Wahrscheinlich?*«, sagte Angelo. »Ich würde darauf wetten.«

»Und?« Sonny sah noch immer Cork an.

»Woher soll ich das wissen?« Cork ließ sich auf seinem Sitz zurücksinken und schob sich den Hut über die Augen. »Was für ein verdammter Mist!« Er schwieg eine Weile, und seine Freunde folgten seinem Beispiel. Alle warteten, ob ihm nicht vielleicht etwas einfiel. »Ich bin zu betrunken, um darüber nachzudenken«, sagte er schließlich. »Sonnyboy, tu deinem Freund Cork einen Gefallen und fahr ihn nach Hause, okay?«

»Also gut, ihr Vögel …« Sonny setzte sich aufrecht hinter das Steuer. Er dachte daran, die Jungs zu ermahnen, ja niemandem etwas von Tom und Kelly zu erzählen, entschied dann aber, dass es unnötig war. Von den dreien hatte Nico die größte Klappe und er redete kaum mehr als drei Worte mit irgendjemandem außerhalb der Gang. Das war auch einer der Hauptgründe, warum er sie ausgesucht hatte. Die Zwillinge waren dafür bekannt, dass sie nur miteinander redeten, und das nicht gerade viel. Cork war zwar ein Schwätzer, aber er war klug und zuverlässig. »Dann fahr ich jetzt mal unsere Prinzessin nach Hause.«

»Besser, wir ziehen für eine Weile die Köpfe ein, was?«, fragte Nico.

»Klar«, erwiderte Sonny. »Wie immer, wenn wir etwas durchgezogen haben. Wir haben es nicht eilig.«

Vinnie klopfte Sonny auf die Schulter und glitt aus dem Wagen. Angelo sagte: »Bis bald, Cork«, und folgte seinem Bruder. Nico setzte einen Fuß auf den Gehsteig und wies mit einer Kopfbewegung auf Cork. »Bring den verdammten Schweinepriester gut nach Hause, ja?«

»Himmel«, sagte Cork. »Die könnten sich auch mal was anderes einfallen lassen.«

»Es ist eben witzig.« Sonny lenkte den Wagen in die 126. Straße. »Scheiße«, sagte er, »ich muss morgen arbeiten.«

Cork lehnte sich an die Tür und warf seinen Fedora neben sich auf den Sitz. Er sah aus wie ein kleiner Junge, der bei einem Schulausflug eingeschlafen war. Das Hutband hatte seinen Haaren eine seltsame Form verliehen. »Hast du die Titten von dem Mädel an der Garderobe gesehen? Der Herr sei meiner armen irischen Seele gnädig, aber ich wär am liebsten da reingesprungen und so lange geschwommen, bis ich absaufe.«

»Geht das wieder los.«

Cork warf seinen Hut nach Sonny. »Was denn? Nicht allen

laufen die Weiber so nach wie dir. Muss man eben seine Phantasie bemühen.«

Sonny warf den Hut zu Cork zurück. »Mir laufen die Weiber nicht nach.«

»Erzähl keinen Blödsinn. Wie viele hast du diese Woche schon flachgelegt? Komm schon, Sonny. Deinem Kumpel Cork kannst du es verraten.« Als Sonny schwieg, sagte Cork: »Und die Mieze am Tisch neben uns? Herrgott. Die hatte einen Arsch wie ein Schlachtschiff!«

Jetzt musste Sonny doch lachen. Dabei wollte er nicht, dass Cork wieder mit den Weibern anfing.

»Wo fährst du mich hin?«, fragte Cork.

»Nach Hause. Hast du doch gesagt.«

»Nee.« Cork warf seinen Hut hoch, um ihn auf seinem Kopf landen zu lassen. Als er sein Ziel verfehlte, versuchte er es erneut. »Ich will nicht zu mir nach Hause. Ich hab seit einer Woche nicht mehr abgespült. Bring mich zu Eileen.«

»Es ist nach ein Uhr, Cork. Du wirst Caitlin wecken.«

»Caitlin schläft wie eine Tote. Ich will nur Eileen wecken, und die hat nichts dagegen. Sie liebt ihren kleinen Bruder.«

»Klar«, sagte Sonny. »Sonst hat sie ja niemand mehr.«

»Erzähl keinen Mist«, erwiderte Cork. »Sie hat doch Caitlin. Und auf die Stadt verteilt rund fünfhundert Corcorans, mit denen sie entweder nahe oder entfernt verwandt ist.«

»Wenn du meinst.« Sonny hielt an einer roten Ampel, beugte sich über das Lenkrad, um einen Blick in die Nebenstraßen zu werfen, und fuhr dann weiter.

»So ist es brav«, brummte Cork. »Immer schön an die Verkehrsregeln halten.«

»Eileen hat schon öfter gesagt, dass du der Einzige bist, der ihr noch geblieben ist.«

»Iren übertreiben gerne.« Cork schwieg einen Augenblick und fügte dann hinzu: »Denkst du manchmal darüber nach, dass einer von uns getötet werden könnte, Sonny? Du weißt schon, wenn wir ein Ding drehen?«

»Nein, wir sind alle kugelsicher.«

»Klar, aber denkst du darüber wirklich nie nach?«

Sonny machte sich keine Sorgen, dass er oder einer seiner Jungs getötet werden könnte. So, wie er alles plante, und wenn jeder genau das tat, was er tun sollte, dürfte es keine Schwierigkeiten geben. Er sah zu Cork hinüber. »Ich mach mir mehr Sorgen um meinen Vater. Ich hab mitbekommen, dass er Ärger mit Mariposa hat.«

»Nee«, sagte Cork, ohne auch nur eine Sekunde nachzudenken. »Dafür ist dein Vater zu klug, und außerdem hat er eine gottverdammte Armee, die ihn beschützt. Ich hab mir sagen lassen, dass Mariposas Gang aus einem Haufen Vollidioten besteht, die nicht mal einen Türknauf gefickt kriegen.«

»Wie kommst du nur immer auf so einen Quatsch?«

»Ich hab eben Phantasie! Weißt du noch, in der achten Klasse? Mrs. Hanley? Mit einem Gesicht wie ein aufgeplatzter Kohlkopf? Die hat mich immer am Ohr gepackt und gefaucht: ›Da ist wohl mal wieder die Phantasie mit dir durchgegangen, Bobby Corcoran!‹«

Sonny hielt vor der Bäckerei Corcoran. Er blickte zu den Wohnungen über dem Laden hinauf, wo wie erwartet alle Fenster dunkel waren. Sie standen an der Ecke 43. Straße und Eleventh Avenue, direkt unter einer Laterne. Neben der Bäckerei erhob sich hinter einem schmiedeeisernen Zaun ein zweistöckiges Mietshaus aus rotem Backstein. Zwischen den Gitterstäben wuchs Unkraut, und der kleine Vorgarten rechts und links der Eingangstreppe war von Unrat übersät. Fenster und First waren mit Granit eingefasst, was dem Gebäude früher bestimmt ein helles, einladendes Aussehen verliehen hatte, aber inzwischen war der Granit nachgedunkelt, zerschrammt und verschmutzt. Cork schien es nicht eilig zu haben auszusteigen, und Sonny hatte auch nichts dagegen, noch ein wenig herumzuhängen.

»Hast du mitbekommen, dass Nicos Vater seinen Job verloren hat?«, fragte Cork. »Wenn Nico nicht wäre, müssten sie ins Armenhaus.«

»Und was erzählt Nico ihnen, woher das Geld stammt?«

»Sie fragen nicht. Hör zu, ich hab auf den richtigen Moment gewartet, dir das zu erzählen: Hooks möchte nicht, dass wir Mariposas Leute noch mal überfallen. Und wenn doch, sollen wir nicht mehr Luca als Mittelsmann benutzen.«

»*Mannaggia!*«, sagte Sonny. »Wieso das?«

»Zu gefährlich. Mariposa ist offenbar stinksauer.«

»*Mannaggia!*«, sagte Sonny noch einmal.

»Tja, dann werden wir wohl eine Bank ausrauben oder jemanden entführen müssen.«

»Wir entführen niemanden!«, erwiderte Sonny. »Bist du völlig bescheuert?« Als Cork nicht antwortete, fügte er hinzu: »Überlass das Planen mir. Ich lass mir schon was einfallen.«

»Gut, aber wart nicht zu lange damit. Ich komm schon klar, aber wenn die Romeros keine Kohle verdienen, landet die ganze Familie auf der Straße.«

»Himmel, sind wir das gottverdammte Sozialamt?«

»Irgendjemand muss ja was tun, damit sich die Wirtschaft erholt.«

Sonny und Cork sahen einander an, dann lachten beide laut los.

»Ohne uns kein New Deal.«, sagte Sonny.

Cork schob sich den Hut über die Augen. »Herrgott, bin ich besoffen.«

Sonny seufzte. »Ich muss mit meinem Vater reden. Diese Plackerei in der Werkstatt bringt mich noch um.«

»Was willst du ihm denn erzählen?«, fragte Cork mit dumpfer Stimme – der Hut war ihm über das Gesicht gerutscht. »Dass du ein Gangster werden willst?«

»Ich bin ein Gangster«, sagte Sonny, »und er ist es auch. Mit dem Unterschied, dass er so tut, als sei er ein ganz normaler Geschäftsmann.«

»Das ist er doch auch. Er betreibt die Firma Genco Pura Olive Oil.«

»Aber klar doch. Und jeder Lebensmittelladen in der ganzen Stadt sollte besser bei ihm einkaufen oder sich eine Feuerversicherung zulegen.«

»Okay, dann ist er eben ein skrupelloser Geschäftsmann.« Cork setzte sich auf und schob sich den Hut zurück auf den Kopf. »Aber welcher erfolgreiche Geschäftsmann ist das nicht?«

»Ja, schon klar. Aber was für Geschäftsleute verdienen ihr Geld mit illegaler Lotterie, Glücksspiel, Kreditwucher und wo Pa sonst noch die Finger drin hat? Warum muss er immer so tun, als wäre er etwas, das er nicht ist?« Sonny ließ sich gegen die Lehne zurückfallen und sah Cork an, als erwartete er tatsächlich eine Antwort. »Dabei landet doch jeder, der sich mit ihm anlegt, im Hudson. Wenn ihn das nicht zu einem Gangster macht, weiß ich auch nicht.«

»Für mich gibt es eh keinen Unterschied zwischen einem Geschäftsmann und einem Gangster.« Cork grinste Sonny an, und seine Augen funkelten verschmitzt. »Hast du die Romeros mit den Knarren gesehen? Himmel Herrgott!« Er hob die Hände, als würde er eine MP halten, und schrie: »*Das ist deine letzte Chance, Rico! Stellst du dich freiwillig, oder müssen wir dich raustragen?*« Er feuerte eine Salve ab, hüpfte auf seinem Sitz herum und krachte gegen das Armaturenbrett und die Beifahrertür.

Sonny stieg lachend aus. »Na los. Ich muss in ein paar Stunden bei der Arbeit sein.«

Cork schaffte es auf den Gehsteig, bevor er den Kopf hob und etwas Unverständliches brummte. Dann taumelte er gegen den Wagen zurück, brüllte »Scheiße«, rannte zum Garten neben der Bäckerei hinüber, hielt sich an zwei Gitterstäben fest und kotzte sich die Seele aus dem Leib.

Über der Bäckerei ging ein Fenster auf, und Eileen streckte den Kopf heraus. »Himmel Herrgott noch mal«, sagte sie. Sie hatte das gleiche glatte, rotblonde Haar wie ihr Bruder, nur dass sie es lang trug. Im Schein der Straßenlampen wirkten ihre Augen tiefschwarz.

Sonny breitete die Arme aus, als wollte er sagen: *Was soll ich machen?* »Er wollte, dass ich ihn hierher bringe«, rief er, wobei er sich bemühte, nicht gleich die ganze Nachbarschaft zu wecken.

»Bring ihn rauf«, sagte Eileen und schloss das Fenster.

»Alles okay.« Cork richtete sich auf und atmete tief durch. »Schon besser.« Als Sonny ihm helfen wollte, hob er abwehrend die Hand.

Sonny schaute zu, wie Cork sich abmühte, erst den richtigen Schlüssel zu finden und ihn dann ins Schlüsselloch zu stecken. »*Madon'!* Wie viel hast du denn getrunken?«

»Mach mir einfach die verdammte Tür auf, ja, Kumpel? Wenn das geschafft ist, komm ich schon alleine klar.«

Sonny nahm Cork den Schlüssel aus der Hand und schloss die Tür auf. »Die Wohnungstür ist bestimmt auch verriegelt.«

»Ay, gut möglich«, brummte Cork.

»Na, dann mal los.« Sonny legte Cork den Arm um die Taille und führte ihn die Treppe hinauf.

»Du bist ein guter Kumpel, Sonny Corleone«, sagte Cork viel zu laut.

»Brüll nicht so rum. Du weckst noch das ganze Haus.«

Eileen hörte, wie die beiden Jungs die Treppe heraufstolperten, und öffnete die Tür zu Caitlins Zimmer einen Spaltbreit, um einen Blick hineinzuwerfen. Das Kind schlief tief und fest, in den Armen eine ausgefranste gelbbraune Giraffe, die sie »Boo Boo« nannte, wieso, wusste kein Mensch. Caitlin hatte sich kurz nach James' Tod mit dem Plüschtier angefreundet, und in den Jahren seither hatte sie es immer mit sich herumgeschleppt. Sein Fell war inzwischen völlig verfilzt, die Farben waren verblasst, und es war kaum noch als Giraffe erkennbar – aber was konnte der weiche gelbbraune Stoffklumpen mit dem langen Hals, der von einem Kind umklammert wurde, schon anderes sein als eine Giraffe?

Eileen zog die Decke bis zu Caitlins Hals hoch und strich ihr durchs Haar.

In der Küche spülte sie die Kaffeekanne aus und holte eine Büchse Maxwell House aus dem Schrank. Als die Tür hinter ihr aufging und Sonny in die Küche trat, wobei er Cork fast tragen musste, drehte sie sich um und stemmte die Hände in die Hüften. »Ihr beide. Schaut euch doch mal an.«

»Ach, Schwesterchen.« Cork löste sich von Sonny und bemühte

sich, aufrecht zu stehen. »Mir geht's gut.« Er nahm den Hut ab und drückte die Faust hinein.

»Ihr seht wirklich großartig aus«, bemerkte Eileen.

»Wir haben nur ein bisschen gefeiert«, erwiderte Sonny, »sonst nichts.«

Eileen musterte ihn mit kaltem Blick. An Cork gewandt sagte sie: »Siehst du das?«, und deutete auf eine Zeitung, die auf dem Küchentisch lag. »Die habe ich für dich aufgehoben.« Dann sah sie Sonny an. »Für euch beide.«

Cork trat vorsichtig an den Tisch, beugte sich über die Zeitung und betrachtete mit zusammengekniffenen Augen das Bild eines elegant gekleideten jungen Mannes, der auf der Straße lag. Offenbar hatte ihm jemand eine Kugel in den Kopf gejagt. Ein kreisrunder Strohhut lag auf dem Gehsteig neben ihm. »Ach, das ist der *Mirror*«, sagte Cork. »Die suchen sich immer was Sensationelles, das sie auf die Titelseite pflastern können.«

»Klar«, sagte Eileen. »Und mit dir hat das rein gar nichts zu tun, was?«

»Ach, Schwesterchen«, sagte Cork und drehte die Zeitung um.

»Komm mir nicht mit ›Schwesterchen‹. Du weißt genau, was ich meine.« Eileen drehte die Zeitung wieder auf die Vorderseite. »In genau solche Sachen bist du verwickelt. Und genau so wirst du enden!«

»Ach, Schwesterchen.«

»Und ich werde nicht eine Träne um dich weinen, Bobby Corcoran.«

»Ich geh dann mal besser.« Sonny stand mit dem Hut in der Hand neben der Tür.

Eileen wandte sich zu ihm um, und ihr Blick wurde etwas weicher. »Ich setze frischen Kaffee auf«, sagte sie und machte sich an der Spüle zu schaffen.

»Nee«, sagte Cork, »nicht für mich. Ich bin völlig fertig.«

»Ich muss morgen früh arbeiten«, sagte Sonny.

»Na schön«, sagte Eileen. »Dann mach ich eben mir welchen. Nachdem ihr mich aus dem Bett geholt habt«, sie warf Cork einen vorwurfsvollen Blick zu, »kann ich jetzt eh nicht mehr schlafen.«

»Ach, Schwesterchen. Ich wollte doch nur Caitlin sehen und mit ihr frühstücken.« Cork ließ den Tisch los, an dem er sich mit beiden Händen festgehalten hatte, machte einen Schritt Richtung Spüle und stolperte. Sonny fing ihn gerade noch auf, bevor er zu Boden ging.

»Himmel Herrgott«, sagte Eileen, und zu Sonny: »Bring ihn ins hintere Zimmer, ja? Das Bett ist gemacht.«

»Danke, Schwesterchen. Mir geht's gut.« Cork rückte seinen Hut gerade, der ihm in den Nacken gerutscht war, als er das Gleichgewicht verloren hatte.

»Okay«, sagte Eileen. »Schlaf dich erst mal aus, Bobby. Dann kannst du in Ruhe mit uns frühstücken.«

»In Ordnung«, sagte Cork. »Nacht, Eileen.« Zu Sonny: »Ich komm schon klar. Hau ruhig ab. Wir quatschen morgen weiter.« Vorsichtig machte er einen Schritt auf Eileen zu, küsste sie auf die Wange – was sie regungslos hinnahm –, ging ins Hinterzimmer und schloss die Tür.

Sonny wartete, bis er hörte, wie Cork sich aufs Bett fallen ließ, dann trat er zu Eileen an die Spüle und legte die Arme um sie.

Hastig schob sie ihn von sich fort. »Bist du verrückt?«, flüsterte sie. »Mit meinem Bruder in einem Zimmer und meiner Tochter im anderen? Hast du völlig den Verstand verloren, Sonny Corleone?«

»Ich bin verrückt nach dir, Puppe«, flüsterte Sonny.

»Psst«, zischte sie. Dabei sprachen sie bereits so leise, dass sie einander kaum hören konnten, obwohl sie dicht beieinanderstanden. »Geh jetzt bitte. Geh nach Hause.« Mit diesen Worten schob sie ihn zur Tür.

»Wie immer am Mittwoch?«, fragte Sonny im Flur.

»Klar.« Eileen schaute sich rasch im Treppenhaus um und küsste Sonny dann flüchtig auf den Mund. »Jetzt hau schon ab. Und fahr vorsichtig.«

»Mittwoch«, flüsterte Sonny.

Eileen sah ihm nach, wie er die Treppe hinunterstieg. Er hielt den Hut in der Hand und nahm zwei Stufen auf einmal. Er war groß und breitschultrig, mit hinreißenden schwarzen Locken. Auf dem unteren Treppenabsatz blieb er stehen und setzte den Hut auf, der im Schein der Straßenlaterne, der durch die Scheibe in der Haustür fiel, bläulich schimmerte. In dem Moment sah Sonny aus wie ein Filmstar: attraktiv und geheimnisvoll. Ganz eindeutig nicht wie ein siebzehnjähriger Junge, ein Freund ihres kleinen Bruders, den sie kannte, seit die beiden in kurzen Hosen herumgerannt waren. »O Gott«, flüsterte sie bei sich, während Sonny die Straße hinunter verschwand. Sie wiederholte es, draußen auf dem Treppenflur, und fügte dann hinzu: »Steh mir bei«, bevor sie die Wohnungstür schloss und verriegelte.